L'adieu à Bugatti

Patrice de Méritens

L'adieu à Bugatti

Lettre à Ettore trouvée
au chevet de son frère Rembrandt

ROMAN

Albin Michel

22, rue Huyghens, 75014 Paris

www.albin-michel.fr

ISBN 2-226-11566-8

Le sculpteur Rembrandt Bugatti se suicida à Paris, dans son atelier du quartier de Montparnasse, au matin du 8 janvier 1916. Il avait trente et un ans. On le découvrit agonisant au cours de l'après-midi. Un médecin fut aussitôt mandé. Il diagnostiqua une intoxication par le gaz d'éclairage – un bec était ouvert.

En ces temps de guerre, Ettore Bugatti vivait au Grand Hôtel, en face de l'Opéra. Sa réputation dans le monde de l'automobile était immense. Lorsqu'il parvint sur les lieux du drame, il vit sur la table de nuit de son frère une lettre sous enveloppe cachetée qui lui était destinée.

1er janvier 1916

Ettore, mon cher frère,

Je n'en peux plus. Je me donne quelques jours pour t'écrire ce que je n'ai jamais su te dire, pour me libérer enfin de ma propre histoire. Quand tu trouveras cette lettre, je serai mort.

Ici, il fait froid. Le poêle s'est éteint. Je n'ai plus un rond. Mais tu es si occupé, si important, que tu l'ignores peut-être. Je suis allé à La Closerie des Lilas hier soir et j'y ai bu comme un évier. On m'a ramené. Je n'étais pas beau à voir. Du carrefour Port-Royal à la rue Joseph-Bara, il n'y a qu'un jet de pierre. Alors, j'ai roulé. Ce matin, je suis gris de fatigue, d'indigestion alcoolique, de dégoût. Je n'ai aucune énergie physique, mais une sorte de facilité à écrire comme je n'ai jamais eue. Ma plume court seule sur le papier. Ce n'est pas tant que je me sente du courage. Je suis prêt, voilà tout. Cela ne me causera pas trop de douleur. Du moins, je l'espère.

Tu sais, *fratello*, je pourrais commencer par te reprocher de n'être pas venu me chercher pour Noël, mais tu réagirais avec hauteur, je pourrais me plaindre d'être seul, ou plus exactement abandonné, tu hausserais les épaules en pensant : « Tu t'isoles depuis tant d'années, mon pauvre Rembrandt, et avec ce que tu viens de me faire… » Alors, répondant à cette amertume, je pourrais aller droit aux derniers jours, à l'acte ultime de notre longue agonie, à la transgression capitale, à ma honte vis-à-vis de Barbara, ta femme, qui fait désormais de moi un intouchable, mais ce serait une erreur, parce qu'un acte isolé ne résume pas l'achoppement d'une vie entière, et que certaines heures d'égarement sont d'abord le fruit de saisons infernales. Je pourrais aussi, pour faire bonne mesure, t'avouer mon désarroi face à ce qu'il est convenu d'appeler mon art. Non, mon épuisement est plus profond. Il faut que je m'explique, que j'y procède lentement pour que nous n'en restions pas au mutisme des événements. Que je m'explique une fois pour toutes, la dernière, celle qui rend dérisoire la litanie des remords.

Les préparatifs de mon départ, j'ignore si j'aurai la force de te les décrire, j'ignore si dans quelques jours je ne serai pas déjà engourdi par une macabre paresse, j'ignore si j'aurai encore de la pudeur, ou bien si, au contraire, me situant déjà de l'autre côté, je n'éprouverai plus pour toi comme pour moi que du mépris.

Car notre lien viscéral, Ettore, a toujours subsisté, et si nos existences nous ont éloignés l'un de l'autre, par-delà les lieux et les jours, demeure le cordon subtil, comme si nos deux êtres se faisaient pendant, avec une symétrie de miroir, mais aussi d'ombre et de lumière. *Fratello,* depuis plusieurs mois l'aube de ma vie reflue en moi. J'en souffre, je m'y complais, et c'est une âpre jouissance. Je ne cesse de penser à mon oncle Segantini, disparu au lointain de mon enfance. J'entends aussi la voix essoufflée, presque éteinte, du docteur Maltese, qui m'a mis au monde, et qui vient d'expirer. Maltese, consumé de vieillesse, dont les dernières paroles m'obsèdent aujourd'hui. A la maison, tu te rappelles, c'était toujours Maman qu'il venait soigner. Je l'ai revu à Milan en août dernier. C'était, comment t'expliquer cela ? Une rencontre nécessaire. Il avait terriblement changé. Il avait fondu de la carcasse et apparaissait tout osseux, ridé, blanchi, fragile. Il ne bougeait plus de son fauteuil et profitait du soleil en gardant sur lui une pèlerine épaisse. C'était très mauvais signe. Il avait besoin de se confier. J'avais besoin de l'écouter. Il m'a parlé beaucoup de toi, de notre jeunesse, et de Papa ; mais tu te doutes qu'il a surtout évoqué notre mère.

Tu connais aussi bien que moi le lien de tendresse qui unissait Maltese à Maman. Elle était jadis, dans nos années italiennes, comme elle est maintenant en France, en état de perpétuelle défaillance. Maltese la visitait, l'aimait en silence, la dénudait de façon minimale et austère. Au soleil de l'été passé, recroquevillé sous sa pèlerine, il n'avait plus qu'elle en tête. Et il n'a pu s'empêcher de me dire que ma naissance avait tout bouleversé. Oh ! bien sûr, il ne l'a pas dit d'emblée. D'abord, il a raconté. La conclusion est venue après, logique assurément, et presque naturelle : j'ai tout gâché. Cette vérité, sans jamais l'admettre, je l'ai toujours ressentie, et sitôt qu'elle est apparue, sèche, tangible, au travers des souvenirs de Maltese, ce fut pour moi comme découvrir une nouvelle pièce dans une maison où nous aurions habité dès l'enfance. Depuis, j'ai exploré des dépendances inconnues et des souterrains où erraient nos propres fantômes. C'est cela que je veux que tu saches, Ettore. Il y a ce que nous avons vécu ensemble et évoqué librement ; ce que nous savons tous les deux sans avoir besoin d'en parler ; et puis ce que nous partageons de manière si pénible toi et moi, avec une loi du silence qui dure depuis déjà seize ans. Enfin, il y a ce que je veux t'apprendre. Je n'ai jamais pu m'exprimer autrement que par gestes, grâce à la terre que je pétrissais, d'où je faisais surgir en silence des animaux frissonnants. Aujourd'hui, mes doigts se meurent, l'humidité me pénètre la moelle, il fait si froid. Pardonne à ma faiblesse.

Par où commencer ? Je n'affirmerai pas que tout se bouscule dans ma cervelle. Non, j'éprouve plutôt une pénible impatience. Par où commencer, quand je suis incapable de démêler, sinon l'essentiel, du moins l'amorce des choses ? Je manquerai sans doute d'originalité, et ça t'agacera peut-être, mais j'aurai le mérite de la clarté en allant de ma première à ma dernière heure : si le cœur ne me fait pas défaut, je déroulerai devant toi ma vie. Tu t'y retrouveras par-delà le miroir.

A la naissance de Deanice, notre grande sœur aux yeux sombres, « l'ange de douceur », comme l'appelait Papa, Maman avait dix-huit ans. Une trop jeune fille. Un an plus tard, c'était toi, mon frère bien-aimé, conçu dans la joie, serré dans les bras de Maman avec exaltation : un fils ! Était-il dès lors nécessaire d'en avoir un autre ? Encore trois ans, et puis moi. C'était le 16 octobre 1884 – l'année, tu la connais, mais tu oublies régulièrement le jour, bien que je t'aie souvent écrit pour te demander, à cette date-là, de boire à ma santé. La veille, dans l'après-midi, Maltese était venu. Maman se reposait dans l'ombre. Il l'avait trouvée lourde de ses neuf mois de grossesse, assise, immobile, la tête inclinée sur le dossier de son fauteuil à bascule. Elle ne s'inquiétait pas, ne s'émerveillait pas, n'écoutait pas son corps. Elle attendait. Dans le secret du confessionnal, au Duomo, le prêtre s'était extasié pour elle en susurrant au miracle de la vie. Elle l'avait répété à Maltese avec une sorte de rancune, et le docteur avait songé à ce qu'elle n'avait sans doute pas dit : les escaliers trop vite descendus durant les premières semaines ; les longues promenades campagnardes sur des charrettes cahotantes. Papa était intervenu un jour, inquiet, soudain, mais pas vraiment conscient. « Teresa, je t'en prie ! » s'était-il exclamé. Teresa, accablée, avait alors laissé libre cours à la nature. Et j'ai grossi, enflé et déformé le ventre de ma mère. Qu'est-ce qu'un accouchement sans amour, sinon un éblouissement de sang et de douleur ? Maman sentait que sa troisième délivrance ne serait qu'un long épuisement.

La nuit de ma naissance, il me l'a raconté, Maltese s'était tranquillement couché en chemise et en bonnet. En cas d'urgence, il s'allongeait tout habillé, mais il pensait que rien ne se déclencherait avant le lendemain. C'était compter sans les caprices du destin. En plein sommeil, au sein même de son rêve, a surgi une voix stridente, désaccordée par l'angoisse. Au milieu des cris, on cognait frénétiquement à la porte. Maltese s'est réveillé en sursaut, s'est levé à tâtons, s'est pris les pieds dans sa chemise, s'est heurté au chambranle, a dévalé l'escalier ; enfin, maudissant son métier d'esclave, il a ouvert. C'était Luciana, la petite bonne, celle qui allait devenir *ma* Luciana. « Ça y est, docteur ! Ça y est ! Venez vite ! » Il bruinait. A la lueur du bougeoir, Maltese la voyait hors d'haleine, les cheveux argentés d'impalpables gouttelettes. Le temps de remonter, de s'habiller, de redescendre, de boucler sa trousse, d'ajuster son manteau et son chapeau, il a fait vite ! L'un derrière l'autre, ils sont partis dans le souffle mouillé de la nuit. On s'étonne toujours de la description du monde avant sa propre naissance… En me racontant tout cela, Maltese voulait me faire toucher du doigt « le mystère de la création », comme il disait, me faire deviner les heures d'angoisse, l'attente lourde et comme révulsée dans cette maison où j'allais voir le jour ; dans ce lieu où demeurait Carlo, mon père, avec sa femme et ses deux premiers enfants, viale al Cimitero, répulsive et de sinistre augure. Je n'en ai gardé aucun souvenir, nous avons déménagé trop tôt, mais notre Milan nocturne est gravée dans mon cœur. J'imagine Maltese et Luciana, leurs pas précipités, absorbés par la bruine… en perspective, l'ombre double de Santa Maria Incoronata, double chœur pour une Vierge, puis la ligne des réverbères du corso Garibaldi aux trottoirs luisants. Milan lourdement endormie suintait aux premières atteintes de l'automne. Le docteur n'aimait pas cette atmosphère malsaine, humide, propre aux refroidissements subits comme au pourrissement des humeurs. C'est drôle, n'est-ce pas, de m'entendre parler comme un docteur ? J'ai été frappé par son récit cruel et souple, presque soyeux – comprends-tu cela ? – pour m'annoncer à moi-même.

Viale al Cimitero, enfin, la maison à l'orée du champ des morts. Papa a ouvert lui-même la porte. Comme chaque fois, Maltese a éprouvé un sentiment de gêne face à la blondeur de ses cheveux et de sa barbe, face à la clarté de ses yeux bleu faïence. Quand nous évoquons notre père, avec nos trente ans révolus, nous voyons un grison épaissi par l'âge. En vérité, c'était un très bel homme, bien plus jeune que Maltese. Et sans doute le docteur en était-il jaloux. Derrière Papa, dans l'entrée, au pied de l'escalier, il y avait tante Bice. Elle avait abandonné durant quelques heures l'homme de sa vie, Giovanni Segantini, afin d'aider à l'accouchement. Et ça faisait rire Maltese car, sous couvert de venir pour Teresa, en fait, elle ne décollait pas de son frère chéri. Elle tenait la main de Papa, elle lui proposait du café, des biscuits, lui disait de ne pas trop fumer, arrangeait son col, ses cheveux, bref, veillait jalousement sur lui, bien qu'il fût largement son aîné, telle une grosse poule sur un jeune coq encore un peu malingre.

Là-haut, au premier étage, se répandait la vapeur acide de l'eucalyptus longuement infusé pour assainir l'atmosphère. Maman n'en avait pas voulu dans sa chambre, on avait donc placé la casserole et son réchaud sur le palier. Pour peu que l'eau disparaisse, que les feuilles carbonisent, c'était une odeur épouvantable… Dans la chambre, il y avait une lumière douce, une lampe à pétrole, un bougeoir qui pleurait, un feu crépitant dans la cheminée. Teresa était très rouge. Le corps en sueur, elle ramenait sur elle le drap comme si elle avait froid. Elle avait peur. Une haute panique, sans un mot. Maltese l'a fait placer sur un lit de sangles étroit, le bassin relevé sur des coussins. Il avait horreur des accouchements dans les lits conjugaux. Le temps a passé : trois heures du matin, quatre heures… Les yeux clos de ma mère, son épuisement très proche… se laisser couler dans le noir, y voguer, sombrer doucement, oublier le travail souterrain… sa plainte brusque, ses gémissements… le feu dans le foyer, dévorant le bois jusqu'à l'ardente mort de la braise.

Et moi ? Maltese m'a dit que je me présentais mal. Il était inquiet. Ce serait long. Trop long, oui, c'était sûr. Elle grelottait, s'essoufflait. Cri bref, puis restait abandonnée. Maltese lui ordonnait d'inspirer, d'expirer, d'inspirer encore... J'étais mal placé, l'épaule de guingois, ma tête était trop grosse, il fallait employer les fers. Il l'a prévenue des gestes qu'il allait accomplir, sans rien lui montrer. Quelques jours plus tôt, comme saisi d'une prémonition, il avait pris soin de lui rendre familiers les instruments nécessaires. Il lui en avait indiqué l'utilité et la manière d'agir, lui en avait fait toucher les branches, les avait montées et démontées devant elle, expliqué que la tête seule de l'enfant – ma tête ! – serait saisie entre les deux cuillères, que cette pression serait favorable pour m'amener au-dehors au moyen de tractions douces et bien ménagées, nullement dangereuses, les os malléables et mouvants du crâne cédant de plus d'un centimètre et demi à l'instant de la naissance. Tandis que Teresa n'avait d'autre vision que son ventre distendu, entre deux halètements elle invoqua la Madone et Dieu. Elle gémit sa douleur et son acceptation. Maltese, délicatement, put affermir sa prise. Teresa, à pleine bouche, aspira l'air et poussa. Elle poussa farouchement, effort ultime, mâchoires serrées, lèvres crispées sur un long grincement, puis lâcha un cri suraigu. Alors, par-delà le dôme pointu du ventre, le médecin saisit, à l'arraché, la vie. J'étais énorme. Aujourd'hui, je mesure presque deux mètres. En venant au monde, j'ai abîmé ma mère.

Et toi, bienheureux Ettore, que faisais-tu ? Tu dormais ! Tante Bice, en venant chez nous, avait prévu que vous iriez chez elle, toi et Deanice, pour que l'oncle Segantini vous garde avec les cousins. Tous les petits ensemble, dans la chambre close, vous deviez avoir l'air d'innocents au saloir. Segantini, l'ogre bienveillant, avait l'œil sur vous, mais s'inquiétait de moi. Impossible de dormir. Il s'était installé dans son atelier, avait tripoté ses toiles, aiguisé ses fusains, tourné durant des heures, fumant ses *minghetti* à cinq lires, empestant, rognonnant, fébrile. Peu avant l'aube, il soufflait sa lumière. Quand le soleil reparut sur Milan, le ciel était lavé, pur, un azur d'automne. Il paraît qu'il faisait un peu froid.

Tôt matin, tandis que Baba la gouvernante s'occupait des gosses, l'oncle Giovanni somnolait, enkysté dans sa fatigue et sa crasse nocturnes, allongé sur le divan des modèles. Quand Luciana est venue lui annoncer la nouvelle, il s'est levé en hâte, a jeté dans un coin ses vêtements de travail, s'est passé à l'éponge, a mis sa plus belle chemise, enfilé son costume puce, coiffé son chapeau de peintre bientôt célèbre, et galopé jusqu'à la viale al Cimitero. Là, il s'est heurté à Ercole Rosa, sculpteur de son état, vif comme la poudre, la barbe au vent, le regard phosphorescent. Drôle de coïncidence ! Segantini, intrigué, lui a demandé, un peu sec, ce qu'il faisait là. Ercole venait humer le vent. Oui, comme ça, par hasard... Ils ont failli se bousculer pour tirer le cordon de la sonnette. Bice a ouvert. Giovanni est entré le premier, l'a embrassée tendrement, l'a regardée, la trouvant fatiguée de la nuit, tandis qu'Ercole se faufilait prestement, se précipitait sur Carlo, le serrait sur son cœur en bramant toutes les félicitations de la terre. Il ne s'inquiétait de rien, Ercole, ni de l'ombre, ni du silence, ni de l'odeur épaisse imprégnée d'éther.

A l'étage, dans la chambre, Maman avait les yeux ouverts. L'oncle Giovanni m'a raconté qu'elle était très pâle, les lèvres exsangues. Papa s'est penché sur le berceau et, montrant ce qu'il y avait dedans, a dit : « Qu'en penses-tu ? » avec l'air fier de celui qui a fait tout le travail. Segantini s'est approché, repoussant Rosa parce qu'il prenait trop de place. Il m'a pris dans ses bras, moi, le dernier des Bugatti, morceau de viande longue, tête trop développée, front énorme, et, m'a-t-il dit, tout à fait étrange. Lorsqu'il a exprimé devant Bice ce qu'il ressentait, que j'étais à la fois léger et lourd, que ma tête reposait avec insistance sur l'angle interne de son bras, qu'il y ressentait un poids curieusement réparti, elle s'est moquée de lui. « Je veux voir ! » s'est exclamé Ercole. Il a tendu les mains pour me saisir, mais Giovanni ne l'a pas laissé faire. Maman restait enfouie dans ses oreillers. Ercole s'est tourné vers elle en demandant quel nom on me donnerait. Depuis qu'il avait vu Teresa s'arrondir, il n'avait cessé de répéter que « si c'était un garçon », il voulait en être le parrain. Elle n'avait rien contre, laissant la décision à Papa qui n'avait pas franchement répondu, parce que Bice le taraudait en sous-main, insistant pour que Giovanni soit le parrain. Ercole est alors passé à l'attaque : « On l'appellera Ercole ! Hein ? Les serpents étranglés dans le berceau et le nettoyage des écuries d'Augias, quel programme ! » Bice, qui savait être aussi déterminée que douce, a aussitôt craché son mépris pour les héros filant aux pieds des femmes. « Ercole, dit-elle, veux-tu que je te dise ? Ça fait poussiéreux, et c'est moche ! »... Il n'en revenait pas, l'ami Rosa ! Poussant son avantage, elle a discrètement frappé Giovanni au creux des reins. Un coup pointu de l'index qui signifiait : à toi, mon bonhomme ! Vas-y ! Dis quelque chose ! Il se penchait sur moi. Je reposais dans ses bras, engourdi, sans un cri. Il m'a raconté qu'en regardant mon front, une image subite lui était venue, elle lui avait traversé l'esprit, avait envahi son regard. C'était le tableau de Rembrandt : *Philosophe en méditation*. Quel front ! Un vieillard au crâne obsédant, immense, respectable, redoutable. N'y a-t-il pas tout ça dans la nébuleuse endormie d'un cerveau de nouveau-né ? Si Bice ne l'avait pas frappé, peut-être aurait-il gardé pour lui cette pensée baroque. Elle a jailli d'elle-même. Il a dit à haute voix : « On va l'appeler Rembrandt. – Ha ! s'est exclamé Rosa, alors ça c'est réussi ! Pour être poussiéreux et moche, il n'y a franchement pas mieux ! » Papa a levé un regard étonné, demandant si Rembrandt était un prénom. Et comment ! Segantini s'est lancé aussitôt dans un discours exalté sur l'homme de *La Ronde de nuit*, de la *Leçon d'anatomie*, de *Bethsabée*... Mais il m'a avoué bien des années plus tard s'être gardé d'évoquer le *Philosophe en méditation*. J'ai pris la peine d'aller contempler ce tableau. Le personnage est effroyable.

« Rem-brandt Buga-tti… » Papa articulait avec curiosité le nom tout entier. Il en détachait les syllabes. Rosa ricanait. Il n'était pas beau joueur, Ercole. Mais il n'avait pas à se plaindre puisque, après palabres et accord de mauvaise grâce de Bice, il serait parrain officiel sur le registre de l'église, tandis que Segantini s'affirmait comme puissance tutélaire – « parrain des profondeurs », disait-il, avec ce génie de la formule qui lui était si particulier. Déjà, il me soulevait à bout de bras : « Interdit avec un tel front d'être un médiocre ! Ce nom lui est nécessaire, il le portera. Sinon, il l'écrasera ! » La phrase était ambiguë : qui porterait l'autre ? Carlo se tourna vers Teresa qui, fermant les yeux pour s'endormir, acquiesça par ce simple mouvement des paupières… Rembrandt ! Elle ne voulait pas voir l'épée de gloire que suspendait Giovanni au-dessus de ma tête.

Le savais-tu, Ettore ? Tandis que Luciana me cajolait, me baignait, me langeait, les seins de Maman ne sécrétaient qu'un lait amer. J'en fus malade. Maltese y a paré. Puis il a observé notre mère. Elle maigrissait, s'affaiblissait. La fièvre est venue. Il a déterminé la douleur. Il a ordonné des toniques, des révulsifs, des pointes de feu. Maltese l'aimait. C'était évident, aveuglant, et personne ne le voyait. Il admirait la finesse de ses traits, l'or ardent de ses cheveux. La pleurésie atteindrait bientôt ses forces vives. Il la reverrait très souvent. Sans doute s'en réjouissait-il en secret puisque cet épuisement la remettait entre ses mains. Et c'est ainsi qu'elle a vécu dans l'ombre de sa maison, recluse. Elle était belle, elle le savait, mais d'une beauté sans objet puisque trop faible pour supporter l'ivresse d'un bal, l'éclat d'une réception, l'effort d'une conversation où l'esprit devait sans cesse puiser ses forces aux sources du corps. Elle n'entendait plus que de loin, en écho, la rumeur d'une société qui continuait d'exister sans elle, malgré elle. Cette blessure, cette déchirure, portait un nom qu'elle n'avait avoué qu'à Maltese. C'était le mien. Maltese, seul, pouvait l'entendre. Il avait contribué au forfait. Il était devenu le confident, le recours, le témoin, le complice.

Les années ont passé, j'ai grandi, et le regard absent que ma mère portait sur moi pour cacher sa colère, sans en saisir la raison profonde, je le recevais de plein fouet. Dans ses yeux, le froid constat du péché originel. Dans mes yeux levés sur elle, une muette interrogation, un muet désespoir. Je voulais me blottir contre elle, cacher mon visage contre sa poitrine. Et j'y parvenais parfois ! Alors, sa main, légère, me caressait les cheveux. Comment décrire ça aujourd'hui ? C'était pour elle un geste de remords, un mouvement doux-amer qu'elle goûtait, pour bien vite s'en affranchir, sitôt qu'apaisé je pesais sur elle. Elle me repoussait. « Tu es trop lourd », murmurait-elle. Le croirais-tu, Ettore ? Entre frères, il n'y a pas d'expérience commune. Ne te récrie pas. Tu comprends ce que je dis.

Il fait si froid dans notre Paris de la guerre, il pleut, maintenant, et j'en souffre avec naïveté, comme si j'attendais que chaque jour qui passe apporte au monde un progrès, un ciel plus bleu, un air plus pur. Mais au nom de quoi, de quelle tristesse de jadis, jugée inférieure à ce que je serais en droit de vivre ? Il n'est pas encore temps d'aborder les sujets qui fâchent. Laisse-moi poursuivre, laisse-moi te raconter, si tu en as la patience.

Je me souviens de mes sept ans, via Marcona. La maison, avec son dernier étage sous un toit pentu, le jardin, peuplé de fleurs, d'arbres fruitiers, d'essences aromatiques. Le bassin, avec ses grenouilles et ses lotus. Toi, tu étais souvent dehors. Moi, j'aimais la cage de l'escalier. J'avais une habitude secrète, je me contemplais dans le miroir vénitien, pendu au long mur du palier. Je m'asseyais sur la seconde volée qui grimpait vers nos chambres. Installé sur le tranchant d'une marche, la tête passant entre les balustres au-dessus du vide, je me voyais dans la partie haute de la glace. Ce visage triangulaire qui me fascinait – mon visage –, c'était donc moi, ça ? Le front en tache claire, la chevelure châtaine, le regard noisette obscurci par le miroir ancien, le petit nez de l'enfance, la bouche mince, le menton pointu. Avec mes cheveux longs et ondulés, tu disais que j'avais l'air d'une fille. L'humiliation ! C'était faux, et tu le savais. En fait, je poussais comme une tige et, malgré la différence d'âge, je commençais à te rattraper… Je ne m'aimais pas ! C'est étrange de s'en souvenir à ce point. Mais j'avais le cerveau assez vif pour m'intéresser à moi-même. A sept ans, on ne s'est pas encore assez vu. On n'est pas habitué à sa figure. L'accepter, c'est autre chose. Je me revois édenté. J'avais perdu mes deux incisives. Ça faisait encore mal. Je retroussais les lèvres en une grimace hostile. Le miroir au mercure était trop sombre. Il fallait s'approcher. Les larmes m'étaient montées aux yeux le jour où, en croquant un fruit, la première dent avait basculé. Réaction surajoutée à la douleur : l'angoisse ! Cela restait en place, branlant et sanguinolent, je gardais ma bouche baveuse, ouverte. Papa a tout de suite trouvé la solution. Il m'a fait asseoir sur un tabouret, a pris un fil bien solide, m'a fait ouvrir toute grande la mâchoire, a ligaturé, rattaché le fil au bouton de la porte puis, d'un coup sec… Tandis que je demeurais sous le choc, la gencive vide, il a ramassé la dent teintée de rouge, l'a mirée à la lumière du jour, comme si ça lui donnait une idée. Alors je me suis levé et lui ai demandé, avec une drôle de voix, de me la rendre. Mais il la conservait au creux de sa main. Il en scrutait la matière comme il le fait encore aujourd'hui lorsqu'il sélectionne les pièces qui ornent ses meubles d'inspiration mauresque. Je n'avais qu'une crainte : qu'il prenne ma dent pour la mettre dans ses réserves de peaux à contrecoller, d'os à incruster, de galuchat, de nacre et d'écaille ! Une véritable obsession chez lui. Mais pas question de la lui laisser ! Il est resté songeur un instant, sans m'entendre, tandis que je continuais à réclamer. Puis il a éclaté de rire : « Tiens, la voilà, ta dent ! N'oublie pas, si tu veux qu'elle soit bien blanche, de la frotter à l'eau oxygénée. » Je l'ai saisie vivement, l'ai lavée, puis déposée dans une petite boîte garnie de coton. Elle a passé la nuit à mon chevet. Le lendemain matin, horreur, elle s'était fendue en deux, dans le sens de la longueur. Deux fragments organiques gisant sur du coton. La pulpe, à l'intérieur, était jaune et racornie, comme une première mort. J'ai jeté tout ça. J'ai glissé le bout de ma langue sur ma gencive meurtrie. Était-ce la seule humidité de ma bouche qui avait maintenu intact ce qui, dans mon corps, apparaissait comme le plus dur, le plus solide ? J'en ai conçu un intime malaise. Était-ce possible, vraiment ? Je garde l'image, dans le miroir, du trou béant de ma bouche. Affreux. Et pourtant, finalement, j'étais content. Bientôt, j'allais avoir deux dents de lapin. Énormes ! Je les sentais pointer, avec leurs bords crénelés. Je tirais la langue, je m'observais, je me guettais. Je faisais la moue et des mines et je pensais à mon âge. Je te le jure, Ettore, tu vas dire que j'invente, j'étais obsédé par mon âge : sept ans. L'âge de raison, disait Papa. C'était quoi exactement la raison ? Il ne fallait pas confondre avec être raisonnable. Ça, c'était l'affaire de Maman. Je me demandais si j'étais intelligent. Dans la famille, tout le monde disait que tu étais très intelligent, mais qu'il ne fallait pas le répéter devant toi, parce que ça te rendrait orgueilleux. Et moi, j'entendais tout !

Quand j'étais fatigué de poser au miroir des questions auxquelles je ne pouvais répondre, mon esprit se relâchait, et là, enfin, j'avais conscience d'être idiot. Je levais très haut les sourcils, fermais les yeux à demi, tendais une lippe molle et railleuse puis, respirant très fort, plaquais voluptueusement mes lèvres sur leur reflet glacé. Si quelqu'un m'avait surpris, quelle honte ! J'ai fait ça quatre ou cinq fois. Il y avait la trace trouble du baiser et le halo de buée que j'essuyais à la hâte. Pas vu, pas pris. Maman dans sa chambre, Luciana dans la cuisine, Papa dans l'atelier. La dernière fois que je l'ai fait – je n'ai plus jamais recommencé –, j'ai eu un coup au cœur. C'était toi, Ettore, tu m'appelais. Venant du jardin, ta voix m'a saisi. Je suis resté une fraction de seconde stupide face à moi-même, puis j'ai grimpé l'escalier quatre à quatre. Par le chien-assis de la chambre, je t'ai vu en contrebas. Tu étais avec Deanice près du bassin. Tu m'as aperçu :

– Ouuaaais, face de crêpe ! T'es niché comme les oies ?

Tu jouais avec les têtards cachés sous les lotus. Tu en avais saisi un, que tu brandissais, comme ça, en plein soleil. C'était bientôt l'été. Tu m'as crié, exaspéré : « Alors, tu viens ? » On ne savait jamais, avec toi. J'ai dévalé l'escalier. Quand je suis arrivé dans le jardin, tu ouvrais la bouche comme un four. La bestiole se tortillait entre tes doigts. Tu m'as demandé si c'était bon à manger. Tu riais. Tu tendais les lèvres pour l'aspirer. Tu avais la nuque renversée, le visage vers le ciel, les dents luisantes. Soudain, tes yeux se sont écarquillés. J'ai été submergé par la peur. Un éclair de sang a jailli dans ma tête, j'ai lancé les poings en avant, tu es tombé dans le bassin, avec le têtard, aussitôt disparu... Papa, alerté par tes cris, est sorti de l'atelier, il a galopé, en beuglant lui aussi. Il t'a empoigné solidement, il t'a remis sur tes pieds, avec une taloche pour prix de sa peur, puis m'a secoué en me soulevant de terre. Pourquoi t'avais-je poussé, hein ? Pourquoi ? Ça pouvait être dangereux, est-ce que je m'en rendais compte ? Tu étais trempé, toussant, reniflant, couvert de vase, tu puais ! C'est alors que tu m'as défendu, tu as dit tous les mots qu'il fallait, tous ! Et même que tu me pardonnais.

J'avais les genoux qui tremblaient en retournant dans ma chambre. Luciana, appelée à la rescousse, a fait chauffer de l'eau pour te doucher dans le tub. Maman, quant à elle, m'a interdit de sortir avant le soir. Mais tout était bien, vraiment. Je n'ai rien mangé, rien bu. Quand le crépuscule est venu, les grenouilles chantaient. J'étais heureux, j'avais le cœur détaché dans le néant. Le lendemain Giuseppe, le coiffeur, vint à la maison. Maman lui ordonna de nous tondre à ras. Cela valait pour nous deux. Question d'hygiène.

Lorsque je rêve de Maman, son visage est celui du temps de notre enfance. Pour Papa, va savoir pourquoi, c'est celui de maintenant. Peut-être parce que son apparence, au fil des ans, n'a cessé d'évoluer avec douceur. Alors que tu empruntais la voie royale, l'Accademia di Brera, pour étudier les arts, moi, à douze ans, incapable et trop grandi, j'allais rôder dans la longue baraque en planches où il travaillait avec ses ouvriers. Quand il grimaçait, on savait qu'il avait mal à l'estomac. Il grimaçait souvent, avalait des sels de San Pellegrino, s'entourait la taille d'une ceinture de flanelle en grognant contre l'étouffement, contre la chaleur du poêle en hiver ou la touffeur de l'été, contre l'encombrement du sol et de ses étagères, contre tout, puis il se retranchait en lui-même. Je ferme les yeux et fais un effort pour le revoir, blond, mince, le front lisse, les joues creuses sous la barbe... Je l'aimais bien, Papa. Il ne me parlait pas beaucoup. Et ça m'arrangeait.

L'atelier, pour moi, c'était la récréation. Un soir, j'y ai fait une drôle de rencontre. Tout le monde était parti, la porte était restée ouverte sur l'enclos bordé de genêts, jonché de copeaux, à l'abandon des roses trémières, où le grand bas-rouge sommeillait – tu te souviens combien Papa était fier de ce chien ? Il disait qu'il était bien plus beau que les dobermans de Bismarck ! Je barbouillais un dessin plein de couleurs quand, dans le coin de la remise où les compagnons gardaient leurs provisions, j'ai entendu un bruit ténu, un craquètement, une agitation fugace mais persistante. Je me suis approché... c'était une souris minuscule qui, dès qu'elle m'a aperçu, a sauté dans un panier ! J'ai vivement refermé le couvercle. Ça s'agitait là-dedans ! J'imaginais le petit cœur frappant à se rompre dans la poitrine, la galopade affolée, désespérée. Alors j'ai parlé doucement, tenant le panier devant mes yeux. Par les interstices de l'osier, elle pouvait me voir. Elle s'est pelotonnée au fond de la nasse.

J'ai soulevé à peine le couvercle, pour y glisser une tranchette de pain. J'ai attendu en silence, et puis j'ai recommencé à parler tout doux. J'ai ouvert un peu plus. Elle pouvait sortir. J'ai attendu encore. Elle ne bougeait pas. Je me suis éloigné de deux mètres pour m'asseoir en tailleur par terre, et je l'ai bercée de paroles : « Viens… viens… n'aie pas peur, je ne te ferai pas de mal. » Peu importent les mots, il passe tant d'amitié par une voix humaine. Alors j'ai vu surgir un museau à moustaches, avec deux petites mains griffues. Quelques instants plus tard, elle accomplissait un acte extraordinaire : dressée, tendue vers moi, elle posait ses pattes avant sur ma cuisse et me regardait longuement, le cou allongé, le museau frémissant. Je n'ai pas bougé, pas avancé la paume, je ne savais pas si elle viendrait s'y loger. J'étais ébloui, je ne voulais pas être déçu. Peut-être aurais-je dû ? Imagine que j'en aie soufflé mot à Maman ! Quelle horreur ! Interdiction de retourner dans l'atelier ! « Tu n'y penses pas, Carlo, cet enfant a des goûts répugnants ! Et puis c'est tout à fait malsain ! » Or ce paradis-là, je tenais à le conserver, il échappait au jugement de Maman qui m'accablait, tant à propos de la maison que de l'école, où j'allais « comme un bœuf à la mangeoire ». Lorsqu'elle a dit cela, je n'ai pas eu l'air de comprendre, alors elle m'a expliqué que je ruminais. Il fallait me mettre les points sur les *i* ! La dernière année fut un calvaire. Trois semaines avant les grandes vacances, le maître m'a tendu le carnet de correspondance : « Tu donneras ça à ton père. » Dedans, il y avait une demande de rendez-vous. Papa s'y est rendu en bougonnant, parce que ce n'était pas Maman que réclamait le maître, mais lui. Pas bon, ça... Il a tiqué, agité la tête d'un air consterné en lisant les appréciations : très insuffisant en calcul, orthographe déplorable, ne se concentre pas assez, rêvasse. Comme s'il ne le savait pas ! D'ordinaire, c'était Maman qui signait, qui me faisait des reproches et, avec quelques mots acides, c'était terminé. Mais là, c'était différent. Le maître se demandait s'il allait autoriser mon passage en classe supérieure : « Tu vas avoir treize ans, Rembrandt. Il est temps que tu te réveilles ! »

Papa a donc vu le maître qui lui a parlé de mon travail, de mes absences, de ma façon d'être. Ça s'est déroulé devant moi. Oui, comme un acte obscène, un déshabillage. J'en garde au cœur une sorte de flétrissure. Il semblait qu'il y eût quelque chose d'inavouable dans tout ce que je faisais : « Savez-vous comment il passe son temps, dans la cour, votre fils ? Il joue avec les petits ! C'est bizarre, non ? Des gosses de deux, trois, quatre ans de moins que lui, des bambins ! » Papa ne répondait pas. Le maître continuait : « Ce garçon est énigmatique. Il semble penser et observer beaucoup. » Puis il a évoqué mes jeux de billes, avec l'air presque attristé de ne pas me voir me bagarrer avec les gamins de mon âge. Ça l'étonnait, que je reste seul durant des heures, sans rien dire : « C'est un enfant taciturne, monsieur Bugatti ! Il est difficile de juger sur ses résultats scolaires ce qu'il a exactement dans la tête. Il se peut qu'il devienne un génie ou un crétin. » Papa a sursauté. Le maître m'a demandé de m'éloigner. Enfin.

Quelques minutes plus tard, sur le chemin du retour, Papa était préoccupé. J'avais le cœur pesant, un goût de cendre dans la bouche. Je clopinais, un pied sur le trottoir, un pied dans le caniveau. Il m'a dit de marcher correctement. Je me suis rapproché. Alors il a parlé. Les mots, je ne m'en souviens plus. Mais l'école, c'était fini. Désormais, j'allais travailler à l'atelier. Génie ou crétin, il m'engageait ! A moi les pains de glaise et les gobelets de barbotine ! A moi les sellettes et les outils de buis ! J'entendais déjà, avec la satisfaction du propriétaire, le crissement des plateaux qu'on tourne pour apprécier les modelages, j'en respirais l'odeur humide, je frôlais le drap mouillé conservant la fraîcheur de la terre. A moi la plastiline, cette pâte miracle, chargée de soufre, qui ne sèche jamais et permet tous les repentirs... A moi ! Ou du moins, c'est ce que je croyais, parce que Papa, lui, avait une autre idée. Il m'a proposé un apprentissage : « Peinture et décoration sur verre et sur bois, ça te va ? » J'ai répondu en silence, hochant seulement la tête. J'étais déçu. Il m'a regardé, surpris, et comme vaguement inquiet, puis il m'a demandé ce que je comptais faire dans la vie. Nous étions à la porte de la maison. Sans réfléchir, j'ai dit très vite : « Quand je serai vraiment grand, je serai chauffeur de locomotive ! » C'est toujours pareil avec moi, j'ai plein de choses dans le cœur que je n'arrive pas à exprimer, et quand elles sortent, c'est au mauvais moment. Pourtant, *ça aussi*, c'était la vérité. Luciana nous a ouvert, Papa est passé devant moi. Dans la pénombre de l'entrée, je l'ai vu hausser les épaules. Je ne sais pas s'il a soupiré. Nos souliers faisaient trop de bruit sur le dallage. Ça résonnait. Tout comme mes derniers mots. Il est monté sans se retourner dans sa chambre. Maman s'y reposait.

En me lisant, Ettore, tu soupires, n'est-ce pas ? Quel fatras de souvenirs minuscules et cuisants ! Des piqûres de moustique sans importance. Je sais. Nous avons grandi, mais cette poussière de mémoire pèse sur mes épaules. Maintenant, écoute-moi. Plutôt que de me lamenter sur le fait que nous nous chérissions et que ton abandon d'aujourd'hui m'est une déchirante douleur, j'énoncerai sur le mode mineur – car nous sommes encore loin de notre drame – ce qui peut motiver notre silencieuse rancœur. Je n'en ai plus peur, moi qui aime l'âcre parfum des panthères, moi qui frotte entre mes mains leur suint, moi qui, en une seule journée de bataille dans le camp retranché d'Anvers, ai vu plus de morts et de bouillie humaine que tu n'en imagineras jamais ! L'un de nos secrets ensevelis depuis l'adolescence tient en quelques mots misérables : alors que tu te désolais à l'Accademia di Brera, mais que tu faisais bonne figure en lorgnant les filles, j'étais amoureux de celle qui allait devenir ta femme. Je l'étais bien avant toi, j'avais une sorte de droit que tu as écrasé de tout ton poids. Elle avait seize ans, comme toi. Entre elle et moi, trois ans, à mon désavantage : l'éternité ! La tentation absolue, Barbara… Barbara à la bouche humide, aux yeux luisants, qui baissait les paupières en murmurant « oui maman » à l'instant du rappel à l'ordre, pour coulisser vers moi son regard noir. Barbara, la fille de la puissante Leopoldina Mascherpa Bolzoni – la Bolzoni, comme l'appelait Papa qui l'a toujours traitée en diva. Barbara et l'immensité de ses seize ans... blancheur des dents à l'instant où les lèvres s'entrouvrent, ligne tendre du cou, corsage fraîchement rempli, taille, ventre, démarche. J'en rougissais, palpitant de pensées imprécises.

Je revois ce matin d'été où Leopoldina était venue avec sa fille rendre visite à Maman. Elle apportait le bruissement, les splendeurs, les voluptés et les petites bassesses des dernières soirées en ville. Leopoldina, la constante et chère présence, exaspérante à force de fidélité, soupçonnable aussi de prendre un plaisir pervers à ses récits. Avec une impatience cruelle, Maman épiait en retour les premiers signes de flétrissement de la Bolzoni au contact du monde. Puis elle envisageait son propre reflet à la dérobée sur son miroir de recluse : avec le temps, sa bouche s'était marquée d'amertume. Mais un simple sourire, si ambigu fût-il, la rajeunissait. Elle souriait... Leopoldina pouvait en rajouter, appuyer sur les plaies, elle ne sentirait rien. Ce jour-là, elle avait reçu du prince Troubetzkoy, en provenance de Paris, un parfum d'Houbigant, *Fougère royale*. Leopoldina demandait aussitôt à en voir le flacon. Elle s'émerveillait : « Quelle pâleur, quelle transparence ! Tout à fait en harmonie avec toi ! » L'ambre, le musc, le santal, l'ylang-ylang, Maman ne pouvait les supporter, ses yeux s'embuaient aussitôt, sa respiration s'embarrassait, tandis que là, ce parfum léger de Paris ! « Oh ma chère, tu en as de la chance ! Et qu'en pense Carlo ? J'espère qu'il est jaloux ! » Mais non, bien sûr, pas de Paul Petrovitch – Paolo ! –, le compagnon d'atelier, le presque frère en sculpture, toujours en voyage entre la Russie, l'Allemagne et la France ! « Ah, Paris !... » Leopoldina débitait des fadaises, insistait sur ce « délicieux Troubetzkoy » qui délaissait Milan ; puis elle proposait à Maman de la rejoindre bientôt sur les bords du lac de Côme, dans sa propriété « noyée de verdure », comme on disait dans les chroniques mondaines. J'avais été convoqué d'une voix impérieuse, alors que je rêvassais là-haut, dans ma chambre – oh, la voix métallique de Maman proférant mon nom, avec le *r* prononcé à la milanaise, fermé et sec ! « Rembrandt ! » Maman, ma mère, inimitable. Impossible d'y échapper. J'étais descendu au salon aussi lentement que possible, le temps de maîtriser les battements de mon cœur.

– Tu pourrais au moins dire bonjour !

J'osais à peine regarder Barbara. Leopoldina m'a sauvé en se haussant un peu sur son siège pour pointer un baiser sur mon front.

– Tu as grandi...

Puis elle a aussitôt raconté comment Puccini, quelques jours plus tôt, s'était répandu en compliments sur les talents et la beauté de sa fille. C'étaient les premiers rêves de Barbara à propos de la Scala. Et moi, entendant ça, je haïssais Puccini, sa voix grave, son menton bleu, ses moustaches trop bien taillées, son air avantageux, ses hanches puissantes et ses épaules d'homme. Le « cher Giacomo » était venu à la maison quelques jours plus tôt, il avait fait frissonner d'un air réjoui la guitare à trente cordes inventée par Papa. J'étais là, pas encore jaloux… Leopoldina argumentait, intarissable : « Sais-tu bien ce qu'il a déclaré en entendant chanter ma fille ? "Quelle belle colorature !" Il a frisé sa moustache, comme Carlo, ma chère. C'est d'ailleurs une manie détestable qui fait passer les hommes pour des fats, ou qui laisse croire que leurs lèvres perpétuellement les démangent… » Et il y avait une telle gourmandise dans les mots de Leopoldina, qui sirotait à petites succions une citronnade sucrée.

Je me suis levé brusquement, pour rejoindre Luciana dans la cuisine – comme d'habitude, ce qui agaçait Maman. Luciana m'était aussi vitale que l'air que je respirais. J'admirais ses mains tournant la polenta à la cuillère de bois, pelant les tomates ébouillantées, fendant les courgettes, tailladant les oignons mauves… et je me détournais à la vue d'une viande saignante, d'un lapin nu, humilié, violacé, ne gardant que ses gants et ses chaussons de fourrure. J'avais horreur du gibier apporté par les amis distingués de Papa. J'étais révulsé par l'odeur troublante des perdreaux fraîchement tués, par les restes de vie retenue encore par les plumes enracinées dans la fadeur du cadavre. Je voyais le mouvement abandonné de leur tête… Luciana était en plein travail. Sans me regarder, elle m'a demandé pourquoi je ne restais pas avec Mme Bolzoni. Elle n'a pas dit Barbara. Je lui ai répondu que je venais l'aider à mettre le couvert. Maman voulait déjeuner dehors. Il fallait jeter de l'eau sur la terrasse et tendre le vélum. Luciana ne me regardait toujours pas. Mon trouble s'apaisait, je l'aimais, Luciana. Sur la table, un joli spectacle de verdure, des truites disposées sur un linge. Je suis resté immobile un instant, et puis, j'ai accompli les gestes de la fuite : le vélum, l'eau sur les dalles surchauffées, le couvert, un petit tour vers le bassin où les grenouilles n'étaient guère bavardes, à l'aplomb du soleil. Là-bas, dans la maison, derrière les persiennes tirées à demi, il y avait Maman, Mme Bolzoni, Barbara, Puccini, la Scala, Barbara, Barbara, Barbara !

Le portail du jardin s'est ouvert, tu es entré à grand fracas. Tu avais ta tenue de motocycliste, ta casquette à carreaux, tes knickerbockers, tes gros souliers jaunes, et surtout, merveille des merveilles, ton Prinetti et Stucchi à double moteur. Tu as remonté l'allée. Pressé, le grand frère… Nous devions nous retrouver pour le déjeuner. Ma vision de toi, ce jour-là ? Un jeune homme aux traits tranchés, joues creuses marbrées de poussière huileuse, la beauté de l'action, son odeur aussi, quand, rentrant de tes courses entre Milan et Pavie, sur le trajet du tramway à vapeur, tu embrassais avec précaution Maman qui posait une main sur ton épaule. La vitesse, le soleil, l'aventure. Et moi, j'étais si pâle… Pardonne mon obsession, cette galerie de visages, cette hantise exprimée des figures anciennes.

Tandis qu'elles sortaient du salon vers la terrasse, dans l'embrasure de la porte, quand leurs robes à toutes deux se froissaient, Maman s'est penchée avec nonchalance vers Leopoldina et lui a murmuré de faire attention à Barbara, en évoquant le goût violent de Puccini pour les femmes. Leopoldina a aussitôt rétorqué que Giacomo et Carlo étaient presque du même âge. Et il y eut entre elles un sourire étrange. Nous arrivions à la table. Les chaises de fer laqué raclaient le sol. Les dames s'assirent en premier.

Le vélum atténuait l'éclat du soleil sur la nappe. Blancheur du linge, lumière des cristaux et de l'argenterie. J'avais les mains posées à plat de chaque côté de l'assiette. Coup d'œil de Maman. Aïe ! J'ai aussitôt replié les doigts pour qu'elle ne voie pas mes ongles rongés… Trop tard ! Teresa détestait cette faiblesse, cette négligence de soi. La remarque blessante a fusé. Face à Barbara, je m'effondrai – Barbara qui a lancé d'une voix claire : « Mais le maestro Puccini, lui aussi, se ronge les ongles ! » Et soudain, c'est elle qui s'est sentie confuse. Je contemplais mon assiette. Toi, sans te rendre compte de rien, tu occupais le silence en versant bruyamment de l'eau dans ton verre – cristal sur cristal, transparence splendide. Les sons au cours de ce déjeuner sur la terrasse étaient comme sertis par l'atmosphère. Cliquetis mat des couverts sur les plats d'argent… Luciana faisait le tour de la table. La chair fraîche et colorée du melon, le citron, le poisson poêlé, la verdure…

« Alors ? Qui viendra avec nous sur le lac de Côme ? » interrogeait Leopoldina. Maman répondait qu'elle emmènerait Deanice… « Et Rembrandt ? – Oh, Rembrandt, ça dépendra de son père et de l'atelier. Mais oui, ma chère, le voilà apprenti, il est gâte-sauce en peinture sur bois ! Tu n'imagines pas le travail que ça lui donne… et c'est très bon pour lui. »

Maman parlait et je n'existais pas. Je contemplais mon assiette. Non ! Je la fixais farouchement. Étonnant souvenir : la porcelaine et son contenu fondus dans mes pupilles. Image bizarre et forte, comme issue d'un cauchemar. Plus rien d'autre n'existait. Je pensais très violemment : « L'assiette est blanche, la truite saumonée se pêche dans les eaux vives, à la surprise, en fouettant la surface avec une sauterelle ou un papillon. » J'avais lu ça dans un livre, et ça m'avait bien plu. Pas seulement la phrase, chacun des mots, même dans le désordre. A la sauterelle ou au papillon. Dans les eaux vives. A la surprise. En fouettant ! Merci, maman. Merci de n'avoir pas envie que je t'accompagne ! Je me concentrais. C'était aussi bien, non ? Qu'allais-je faire, à longueur de journée, là-bas, avec Barbara, dont le regard pesait sur moi ? Oserais-je le lui rendre ? Pénible sensation. Et voilà que ça se mettait à vociférer dans ma tête : Merci, maman ! Merci ! Merci ! Mais pourquoi insistait-elle, m'excusait-elle en racontant d'un ton méprisant l'atelier ? Barbara m'observait toujours. Était-ce de la pitié ? De la curiosité ? Un peu d'amour ? Comment aurais-je pu le savoir, crispé au-dessus de la nappe, ridicule, lamentable ? Je rougissais, devenais écarlate, accroché à mon rebord de table…

« Et notre Ettore ? » poursuivait Leopoldina de sa voix de gorge, en s'inclinant imperceptiblement vers toi. C'était incroyable, elle ne se voyait donc pas ? Elle te traitait comme un homme, alors qu'en parlant de moi elle s'adressait à Maman. A l'instant où tu as répondu que « oui, bien sûr », tu aurais grand plaisir à les rejoindre sur le lac de Côme, mais que tu t'y rendrais seul par la route, que me restait-il ? Regarder enfin Barbara à la dérobée, alors qu'elle t'écoutait ? A quoi pensait-elle ? Je voyais sa poitrine soulever voluptueusement son corsage de dentelle. Je ne voyais plus que cette blancheur, et c'est alors que s'est produit un miracle : soudain loin de tout, sous un soleil d'argent fondu, je suivais un chemin du lac de Côme. La lumière était aveuglante, le paysage, décoloré. Je rêvais, les yeux sur la dentelle blanche. Je trébuchais, ma tête heurtait une pierre, du sang jaillissait, je perdais connaissance. Et Barbara arrivait, qui s'agenouillait pour étancher ma plaie, qui se penchait sur moi, tout près, tout près… plus près encore… Quelle niaiserie, hein ? Et quel sursaut, quand Maman – avait-elle deviné quelque chose ? – m'a demandé ce qui m'arrivait ! Toi, Ettore, tu approchais la carafe claire de Frascati du verre de Leopoldina. Tu étais splendide. Tu avais le même sourire que Teresa. Où était ta faiblesse à cette époque, *caro fratello* ? Aux yeux des femmes, il n'y en avait aucune.

Le froid m'a engourdi au milieu de la nuit, je viens de m'éveiller et d'accomplir les gestes nécessaires à la reprise de cette lettre. Une cigarette à jeun me fait tourner la tête, elle m'empoisonne – juste ce qu'il faut pour démarrer. Craindrais-je de briser mon récit en te décrivant mon actuelle misère ? Elle ne m'intéresse plus, et c'est un piètre miracle, mais je la redoute, et la cantonne, telle une hyène puante, en dehors de notre maison commune. M'y voici donc. Je vais débusquer les mots et les faits qui ont emmêlé nos liens, jusqu'à inverser nos destins, au point que chacun de nous se retrouve aujourd'hui à sa juste place. Essaie de te souvenir. Où était ta faiblesse dans ces moments d'adolescence ? Il n'y en avait pas, et ce n'était pas tant cela qui me désespérait, que ma propre nullité. Toi, ta gêne était ailleurs, profondément enfouie, en rapport avec notre hérédité d'artistes que tout le monde, surtout les belles dames de Milan, en considérant notre père, appelaient « la lignée des Bugatti ». Zanetto, le portraitiste de la Renaissance, Giovanni Francesco gravant à l'eau-forte le délicat XVIIIe siècle, grand-père Luigi, génial et fou, perdant sa fortune à la recherche du mouvement perpétuel, Carlo, enfin, surnommé à Brera « le jeune Léonard ». Tes semelles étaient souvent boueuses, Ettore, tes joues talées de crasse, tes yeux pleins de rêve, d'espace, et le dessous de tes ongles souillé de noir ! Et plus tu exaltais les joies de la locomotion mécanique, plus tu éloignais de toi les fantômes des Bugatti, parce que chaque jour passé à Brera était pour toi une souffrance. Brera, le lieu mythique, immémorial, où Papa et l'oncle Giovanni s'étaient rencontrés, où ils avaient frotté leurs premiers fusains. Brera, ton intime remords, avec sa longue façade néoclassique, son porche sévère, sa cour d'honneur à double étage rythmé de colonnes, sa galerie de peinture, sa bibliothèque, son cabinet des médailles... couloirs de pénombre et de cendres, auréoles transpirant de la pierre, grincement des planchers, murmures de révérence devant les Bellini, les Tintoret, les Luini... Brera que je convoitais, et dont tu ne voulais pas. Brera, le passage obligé de tout Bugatti qui se respecte. Va savoir pourquoi on te l'avait offert ? Tu n'y étais pour rien ! Qu'allais-tu faire plus tard ? Comme Papa ! Tu filais, ton carton à dessins sous le bras. Trop grand, le carton. Trop haut, inséré sous l'aisselle, pressant l'artère, coupant la circulation – tes doigts se crispaient sur le soufflet de tissu noir, ta peau se marquait, tes phalanges blanchissaient, ta main fourmillait, se paralysait. Dans la liasse des croquis, sous l'écorché, la tête de Caracalla, la diagonale de Valpinçon, tu avais caché le plan d'une transmission pour moteur double. Consternation du maître d'atelier quand il a découvert ça ! Mais on ne dira jamais assez la poésie des pignons, l'ivresse des rotations et la joie de la vie... Dans l'usine Prinetti et

Stucchi où tu passais tes fins d'après-midi, les ouvriers te voyaient d'un œil goguenard, toi, le fils de bourgeois, plonger tes mains dans le cambouis. Tu intriguais l'ingénieur Prinetti, passionné par ton intelligence, ton aplomb, tes facultés d'invention. Toi si discret, si modeste, aussi gris que les modèles de plâtre, quand tu dessinais à Brera. Et quel jaillissement, sitôt que tu t'en échappais ! Je garde vivement ton visage dans ma mémoire, tes manières, tes propos, ton impatience. Tu n'as jamais ressemblé à notre père. Tu n'en avais ni la blondeur vénitienne ni le léger flou dans la physionomie. Ton regard était bleu électrique. L'autorité, tu la possédais, comme Maman. Mais comment dire ? Une autorité *moderne*... Tu pouvais être – et tu l'es toujours – cassant, orgueilleux et, en vous observant tous deux, Maman et toi, je devinais qu'elle savait d'instinct ce qui participait d'elle-même. Elle le tolérait avec douleur, mais aussi une jouissance complice. *Fratello,* c'est miracle que nous nous aimions tant, avec autant de différences !

Ai-je jamais affirmé mon désir d'aller à Brera ? Honnêtement non, puisque je n'avais pas assez d'énergie, ni d'amour-propre, ou plus exactement conscience de ma dignité propre ; et comme personne ne semblait vouloir y songer pour moi, je grandissais dans l'atelier de Papa. Je ne m'en plains pas : c'est un monde où j'ai appris tant de choses. Ça sentait le bois et la peinture, le vernis, les alcools, les essences et les corps secrets. Papa gardait ses formules cadenassées au plus profond de sa mémoire, et sa science comme ses rêves étaient ensevelis dans sa tête. Lorsqu'il s'isolait pour essayer quelque mirobolante mixture, Maman n'avait qu'une crainte : ses yeux... Comment rendre l'or inaltérable, la peinture éternelle, le parchemin immobile ? Oui, comment ? L'or s'écaillait au frottement, la couleur, un souffle la ternissait, le parchemin, cette peau morte-vive, était sans cesse démangée par la colle. Derrière le rideau tiré en pavesade, il avait pérennisé l'or et durci les pigments. Il avait créé la substance prodigieuse, incolore, impalpable qui fixait à jamais la peau des bêtes sur les nervures du bois. Pas de couture, pas de bordure, tout comme un nouveau-né juste avant la première cicatrice ! Avec ça, une surface glacée, polie, qui renvoyait à l'amateur, sitôt qu'il la touchait, sa propre chaleur humaine. Les meubles de Carlo avaient quelque chose de vivant, de réactif, qui me fascinait ; d'animal mort aussi, après souffrance, qui me faisait horreur.

– Eh bien, tu rêves ? Cette patine, ça avance ?

Toujours ! Je rêvais toujours ! Mais je ne pensais guère. J'étais apprenti peintre, apprenti doreur, repousseur de métaux, incrusteur de nacre et d'ivoire, nielleur de cuivre et d'argent. Qu'y avait-il d'autre encore ? La bienveillance du contremaître, des compagnons, la phrase rituelle de Papa : « L'assouplissement de la main favorise celui de l'esprit. » L'ai-je assez entendue, celle-là ! Enfin il y avait, sans cesse présente au fond de moi, la voix un peu rauque de l'oncle Giovanni qui, à la mort d'Ercole Rosa, en 1893, était devenu mon vrai parrain. Le vrai responsable, c'est lui ! C'est à Giovanni que je dois une part de mon destin. Giovanni qui me racontait comment il avait été abandonné – il disait « exposé » – dans sa petite enfance par des parents réduits à la mendicité. Giovanni qui avait fait un passage frénétique à la maison de redressement Marchiondi. Giovanni qui, à mon âge, ne sachant ni lire ni écrire, gardait les vaches et dessinait sur les murs. Menteur, hâbleur, voleur, insoumis, et soudain, en dernière révolte contre une misère qui promettait d'être définitive, il s'était inscrit à Brera. Rebelle, là encore, et brillant élève. Les maîtres ? Des ânes ! Mais capables, malgré tout, de nous faire avancer. « Il faut aller plus loin, Rembrandt ! » Je le voudrais tant, oncle Giovanni.

A la Noël 1897, nous avons fait, lui et moi, un fabuleux voyage. C'est là que tout a commencé. A la Maloja, dans les glaces bleutées de la haute Engadine. « Quoi ? Vous voulez passer Noël là-haut ? Eh bien, partez sans moi, avait dit tante Bice d'un ton aigre. Vous voulez attraper la mort ? Libre à vous ! Je reste à Milan, avec les enfants. Vous préparerez vos gamelles tout seuls, et je vous souhaite bien du plaisir ! » La colère de Bice était compréhensible. La montagne de Giovanni, à cette époque de l'année, était un iceberg cerné de nuages, réservé aux bouquetins, aux aigles, et à l'unique Segantini. Bice s'est plainte de ce que son mari choisissait comme un fait exprès le moment de Noël. Elle avait beau ne pas tenir aux bondieuseries, il y avait quand même des limites ! Giovanni, à cet instant, avait un regard angélique… On est partis… Direction plein nord, la Brianza et ses pâturages, les brumes du lac de Côme, les contreforts des Alpes jusqu'à Chiavenna, où nous avons dormi à l'hôtel Conradi, dernière étape avant la Suisse. Cette nuit-là, le vent soufflait en bourrasques, les fenêtres gémissaient, un oiseau hululait dans les ruines du château du dernier bailli grison. Au petit matin, on a pris l'extra-poste pour la haute Engadine. Les chevaux peinaient dans la montée, ils aspiraient l'air glacé, soufflaient la buée tiède de leurs poumons. De Chiavenna au col de la Maloja, à plus de mille huit cents mètres d'altitude, la route serpentait de la terre au ciel. Les épaules du cocher se couvraient de neige. Dans le lointain, en contrebas, la vallée scintillante de l'Inn... La Maloja, pétrifiée et aride, écrasée par la chaîne des montagnes, provoquait une sensation d'oppression. Nous avions le choix : loger confortablement chez Giovanni, au chalet Kuoni, ou monter au Schafberg, dans la baïta, la misérable cahute de pierre qui lui servait d'atelier, là-haut, à deux mille sept cents mètres. C'était tout vu, nous grimperions !

Le lendemain matin, pas trop tôt, après une nuit passée sous un amoncellement de peaux de bêtes, lestés de café brûlant, de pain bis et de viande séchée, vêtus de pelisses et bottés, nous avons cheminé dans la neige. Giovanni avançait à pas réguliers, son chevalet portable sur l'épaule : « Te rends-tu compte, me dit-il, que plus je vieillis, plus j'ai envie de peindre haut ? J'ai commencé par des tonalités tristes, maintenant, je veux de la lumière... » Il voulait la lumière la plus dure, celle qui se brise en éclats, celle qui éblouit ou aveugle. Chez cet homme à la peinture rêveuse, illuminée désormais aux marches du paradis, il y avait quelque chose de goulu, d'énorme, de chaleureux, de puissant. C'est ainsi que je me souviens de lui, Segantini ! Belle stature, épaules fortes et arrondies, cheveux longs comme certains popes de Russie, teint mat et dents larges, marquées de nicotine, surgissant au centre d'une barbe hirsute, à l'instant du rire ou de la nourriture.

Pendant une demi-heure, au soleil du matin, il a gravi la pente sans fatigue. Je le suivais pas à pas, empruntant sa trace, mais, malgré ce moindre effort, j'avais mal, ma poitrine était trop étroite, j'étais en nage, tandis que l'air, tailladant mes bronches, donnait à ma bouche un goût de sang. Giovanni connaissait l'endroit d'où je pourrais observer des nids de rapaces. Deux ans plus tôt, il avait recueilli un aiglon blessé, il l'avait soigné, nourri jusqu'à ce qu'il fût capable de chasser et, après quelques semaines d'une complicité étrange, l'oiseau redevenu sauvage était parti pour toujours... Encore un effort, on y était. La montagne s'arrêtait tout net ! Sur le promontoire tendu au-dessus du vide, une lumière comme une grêle de dagues, un ciel d'azur réfracté, un vertige multiple, du zénith aux cimes, des hauts reliefs aux abîmes bruns des vallées, avec en cercle immense le panorama des glaciers. Une atmosphère raréfiée, frissonnante, une enivrante odeur d'ozone. Giovanni avait ancré son chevalet dans la neige, changé ses gants pour des mitaines, ouvert sa boîte de couleurs figées par le froid.

Je me souviens de ce jour comme si, du bout des doigts, par-delà le temps, je pouvais encore l'atteindre. Giovanni s'est mis au travail, le regard oscillant entre le ciel, le paysage et la toile ; il a brisé la lumière, appliquant des tons purs, les juxtaposant en longs filaments qui tiraient la forme, la charpentaient en empâtements généreux. Moi, avec ses jumelles, je scrutais les pics et les crêtes à la recherche des aigles ou des ombres bondissantes des bouquetins.

– Le nid ! Je l'ai, oncle Giovanni !

L'aigle, comme s'il s'était senti observé, a battu des ailes et s'est envolé. J'en ai gardé la trace nette au fond de la rétine. Giovanni l'a compris aussitôt :

– Attrape !

Il m'a lancé un carnet de croquis et une mine de plomb.

– Vas-y ! Moi aussi, je veux voir !

J'ai fermé les yeux un instant, puis, dans l'éblouissement de la page, j'ai dessiné d'un coup. La silhouette tranchait l'espace, vibrante, clouée sur la blancheur. Giovanni a pris le carnet, l'a approché, éloigné, approché de nouveau : l'oiseau était là, saisi, senti, palpitant. Alors le grand Segantini a émis un petit sifflet admiratif. Et moi, je ne savais pas ce qui m'arrivait !... Le soir venu, dans la pénombre du refuge animée par la seule flamme de la lampe, il a prononcé des mots exaltants, et de cette nuit-là est née entre lui et moi une attente infinie. Il a dit que j'avais les doigts frémissants et le goût du volume, qu'il fallait me fondre dans la matière et grandir, que le dessin n'était pas suffisant, que je devais plonger mes mains dans la glaise. J'ai tout de suite pensé à la réserve de terre fine que Papa conservait pour les portraits et les maquettes de bronzes décoratifs. Comment faire ? J'aurais trop honte. Giovanni n'a pu s'empêcher de rire : « Eh bien, fais ça en secret ! » Oui, mais quoi, sans modèle ?

Te rappelles-tu, Ettore, tes ricanements quand j'allais chaque jour dans les étables, aux barrières de la ville ? Je balançais à bout de bras un pot à lait. Maman s'en étonnait. Elle n'avait pas tort. C'était le secret que nous partagions, Giovanni et moi : sous ma ceinture, entre peau et chemise, je cachais un carnet de croquis ! Giovanni m'avait recommandé de dessiner des vaches : « Tu commenceras en figure imposée, me dit-il, par la plus statique des créatures ; tu en remâcheras l'image. » Je lui ai obéi durant des mois, jusqu'au printemps suivant. Gavé d'esquisses et de petits modelages, je suis parti un matin dans les champs avec une plaquette de bois et un pain de glaise. Sur un chemin, un paysan tirait trois vaches. Un chien trottait à ses côtés. La ligne suivie par l'homme et les bêtes m'a frappé. En quelques instants, j'ai dressé le sujet. Pas facile de rapporter tout ça via Marcona. L'ensemble a un peu souffert. J'ai sacrifié le chien pour ne conserver que la ligne. J'y travaillais en solitaire, ce fameux dimanche matin où la clef a grincé dans la porte…

– Tiens, tu es là, toi ? Tu t'enfermes ? a constaté Papa, vaguement étonné.

J'avais à peine eu le temps de couvrir le modelage et de me pencher sur un pot de peinture. J'étais rouge pivoine, tournant frénétiquement mon pinceau. Papa était accompagné de Segantini et de Troubetzkoy. Mon parrain a souri. Troubetzkoy, qui apparemment ne s'était aperçu de rien, voulait voir les projets d'un paravent décoré d'iris, d'herbes aquatiques et d'oiseaux qu'il comptait commander pour la cour de Russie. Tandis que Papa ouvrait le carton, il furetait, attiré par l'odeur de terre fraîche. Il a soulevé le linge humide entre le pouce et l'index, s'est penché, a demandé : « Je peux ? » Et, sans attendre, a découvert le modelage. Il a fait pivoter le plateau de la sellette, claqué la langue de façon peu aristocratique, puis lancé d'un ton ironique à Papa :

– Tu me fais concurrence, maintenant ?

– Ce n'est pas moi ! a répondu Papa qui, pour le coup, s'est rapproché.

J'avais les jambes si molles que j'ai préféré m'asseoir. Segantini m'a interrogé du regard pour s'exclamer aussitôt : « C'est bien meilleur que du Troubetzkoy ! » Le ciel me tombait sur la tête. Paolo a tordu le nez, tandis que Papa faisait le décompte des gens de l'atelier qui… Soudain, il s'est tourné vers moi.

– C'est toi, hein ? En cachette ! Sans rien dire à personne ! Ça te ressemble bien, ça !

Troubetzkoy a été magnanime, déclarant à Papa qu'au lieu de me morigéner il ferait mieux de regarder ce que j'avais fait : « Il a déjà du souffle, ton gamin ! » Il y a des mots qui vous chauffent le cœur ! Et il a raconté que son propre don avait rencontré peu d'écho dans sa famille, jusqu'à ce que, encore petit garçon, il eût modelé un cheval. Ce travail plut tellement à sa mère, Ada, la belle cantatrice américaine, qu'elle résolut de le montrer à Grandi, dont l'œil de sculpteur s'aiguisa. Le prince Pierre en conçut de l'aigreur, car il vouait son fils à la carrière militaire, mais le destin était trop fortement tracé, et Paolo se retrouva au fil des ans dans les ateliers de Ranzoni, Bargolio et Bazzaro. « Pas plus de deux mois chaque fois, pour ne subir aucune influence ! Et si tu le veux, Rembrandt, on appliquera le même principe. Tu viendras travailler chez moi à ta guise. Ma porte te sera toujours ouverte », m'a-t-il simplement dit. Puis, le temps d'un éclair, il a fixé l'ami Segantini. Et ses yeux répondaient de façon flamboyante à la provocation. Oh ! *fratello,* tu n'imagines pas mon bonheur.

Tu n'imagines pas non plus à quel point mon intelligence était engluée dans la matière et combien, aujourd'hui, je le regrette. C'était l'époque où tu te débattais avec les croquis d'une grenouille, en sujet imposé, à Brera. Tu ne l'as jamais oubliée, celle-là ! Des esquisses molles, informes, on aurait dit de la gélatine ! On ne te faisait pas de compliments. Quand tu m'as montré tes dessins, je les ai repris à main levée, sans réfléchir. Tu les as regardés, tu m'as dit merci et tu as refermé le carton si vite que j'ai cru que tu étais déçu. Et puis, je n'y ai plus pensé. Le lendemain, tu es revenu avec une trop bonne note. Un mois plus tard, tu abandonnais l'académie. J'en ai mis du temps, à comprendre ! Tu es célèbre, maintenant, il n'y a donc rien à regretter, sinon ces heures lointaines d'une obscure détresse. Je t'en demande pardon. Chacun de nous vit son crève-cœur. Maman te projetait au firmament des arts. Elle t'imaginait, elle en parlait ! Et voilà qu'au fil du temps, au lieu de toi, ce serait peut-être moi. La fierté ne serait pas la même. Son plaisir a été différent.

Tandis que l'ingénieur Prinetti t'engageait dans son entreprise, j'allai, moi, passer une partie de l'été à la Maloja, chez l'oncle Giovanni. Pas dans la baïta, non ! Au grand chalet Kuoni, sinon, Bice, s'estimant abandonnée, serait venue nous chercher par la peau du dos. Les enfants étaient là, Gottardo, Alberto, ainsi que Mario et Bianca, les deux plus jeunes, avec lesquels je m'entendais comme larrons en foire. Bice était heureuse, elle retrouvait son « Segantino » qu'elle aurait voulu garder tout entier, tendrement, pour elle. Elle oubliait Milan, la ronde des réceptions, les rendez-vous de galerie chez les frères Grubicy, mais cela ne durait guère, car les amis peintres de Munich et de Vienne ne tardaient pas à débarquer. La Maloja en été s'ouvrait au soleil. A l'hostilité de l'hiver succédait une sorte de nonchalance luxueuse. Sur les rives du lac de Sils, le Maloja Palace offrait des rafraîchissements raffinés et chers. La princesse Bibesco et le très beau Robert de Montesquiou – « la levrette moustachue et vieillissante », comme on murmurait à Paris – y étaient descendus. Je les revois encore, arrivant en calèche, en fin d'après-midi. Segantini, l'enfant exposé, le gueux des pâturages, l'insoumis de la casa

Marchiondi, les recevait chez lui. C'était ainsi, tous les grands noms d'Europe en villégiature sur les lacs lui rendaient visite. Il triomphait à quarante ans au moment où, disait-il, il prenait de l'âge, mais gaillard et la crête au vent ! Vois-tu, *fratello,* je n'ai jamais oublié ces heures passées avec ces princes, elles étaient trop marquantes, et les souvenirs mondains de Paris, vécus en adulte, n'auront jamais la force ni le parfum de ces instants évanouis. C'était une liqueur, un enivrant cocktail d'afféterie, de sincérité, et de pathétique. Étrange pratique ! Giovanni avait le hochement de tête seigneurial et la simplicité du peintre qui vient de quitter sa blouse, il ouvrait sa maison, s'informait de Londres, Rome, Berlin ou Saint-Pétersbourg, puis, les mains fébriles, devenait intarissable dès qu'on l'interrogeait sur l'art. Il estimait avoir étudié tous les éléments de la terre, en avoir compris la valeur spirituelle, avoir « expérimenté », précisait-il, les formes humaines comme il l'avait fait des entités animales, être passé des plaines aux collines, des collines aux montagnes, jusqu'aux cimes, sans autre préoccupation que de rendre dans les choses cette passion fascinante qui l'avait conduit à leur concéder tout son amour – oui, « concéder », affirmait-il ! Et il en rajoutait, jurant ne jamais réaliser d'ébauche, pour se plaire à faire l'amour avec ses conceptions. Il y allait de façon frénétique avec le beau monde, notre Giovanni ! Il parlait de volupté, de chair et d'esthétique à la princesse Bibesco et à Robert de Montesquiou en leur versant un doigt de kummel, trop souvent renouvelé, dans de minuscules verres de cristal taillés à facettes. Ainsi l'art ce n'était pas seulement les mots prononcés à voix basse un soir de Noël au Schafberg, dans la semi-obscurité glacée de la baïta. J'ouvrais de grands yeux. J'écoutais. Je tentais de réfléchir. Bouche bée, je devais avoir une assez belle tête d'idiot. Mais aussi quel orgueil, et quelle angoisse chez Giovanni, qui se dardait vainement sur la pointe des pieds pour saisir l'éternité ! Il s'exclama soudain : « Je crois pouvoir brandir ma pensée vers la beauté suprême, en criant librement ce que l'esprit me dicte ! » Admirable arrogance ! Les résultats étaient là, sur ses toiles. Avec le recul du temps, je me demande aujourd'hui comment j'aurais réagi *physiquement* à ses paroles, si j'avais été à même de les recevoir... Montesquiou, avec ce geste nerveux et cabré de la main qui lui était si particulier, désigna l'immensité des neiges éternelles. Il sourit une fraction de seconde, rictus fugace, effacé sur l'instant.

C'était une journée où le soleil semblait ne jamais devoir disparaître. La princesse demanda où en était l'immense triptyque auquel travaillait Giovanni : trois tableaux de deux mètres sur trois, avec, sur fond forestier ou neigeux, la crête des montagnes. Il s'y était vraiment attelé... oui... la partie gauche avançait... on pouvait la voir, à condition d'avoir le courage de marcher un peu. Elle était plus haut, oh, pas très loin ! Parmi les mélèzes, sur un cadre de rondins, à l'abri d'un auvent. Vu la splendeur du temps, il n'y avait rien à craindre. Le titre ? *La Vie, la Nature, la Mort.*

Nous avons gravi la pente, respiré l'odeur résineuse des bois. Giovanni et moi avons dégagé la toile. Les commentaires, je ne m'en souviens plus ; tout était beau, avec un frisson d'inquiétude, cependant, pour le dernier thème… « Comment l'aborderez-vous, cher maître ? » En redescendant la pente, le souffle de la princesse était plus fort, et les pommettes de Montesquiou plus animées ; ce qui d'ailleurs – il en avait sûrement l'intime conscience – lui allait très bien. Quand, après avoir apprécié son œuvre, ses hôtes prirent congé de lui, Segantini les raccompagna jusqu'au bord de la route, esquissa un mouvement amical en direction de leur calèche. Tandis qu'elle s'éloignait, il resta main levée, sans bouger ; puis, comme s'il s'ébrouait, il retourna vivement au chalet d'où je l'observais. Il grimpa l'escalier, parcourut d'un pas pressé la mince terrasse, entra dans le salon, me jeta un bref regard, se servit un dernier verre de kummel, le but d'une lampée, et maugréa : « Oui, j'ai quarante ans et, selon mes vieux calculs, j'ai atteint la fin de mes débuts et les débuts de ma fin. »

Je te jure, Ettore, avoir entendu cette phrase. Je ne l'ai pas comprise à l'époque, mais aujourd'hui, quitte à te mettre mal à l'aise, je te la dis en confidence parce que la courbe de mon existence, par nature, est plus rapide que la tienne ; parce que mon art se consume, lors même que ton génie est appelé à vivre.

Je me sens vieux, *caro fratello*, assez pour te livrer, cette fois sans remords, une sensation d'adolescence. Tu commençais à être connu dans le monde de l'automobile. En quelques mois, chez Prinetti et Stucchi, tu avais été si éblouissant dans leur bureau d'études qu'ils te confiaient les prototypes. A toi les courses internationales. Tu avais dix-huit ans. C'était en mai 1899, le grand rallye Paris-Bordeaux. Prinetti avait bien fait les choses, j'avais même l'autorisation de t'accompagner. Barbara te voyait déjà vainqueur. Elle se tournait vers moi en souriant. J'acquiesçais, j'abondais dans son sens. Et puis ma tête a bourdonné. Il s'y est installé, en bête malfaisante, une de ces otites à répétition qui m'ont tant abîmé ces dernières années... cervelle battante... douleurs mastoïdiennes... Je n'ai rien dit, je voulais partir... oreilles sifflantes, front de plomb... Je me suis retrouvé au lit avec les doigts durs de Maltese toquant contre ma poitrine, la cuillère sur la langue, l'examen minutieux des tympans qu'il fallait percer d'urgence. Il n'était pas content, Maltese. Maman s'est défendue avec un geste d'agacement. Comment savoir, je vous le demande ? Comment saisir ce que dit un muet, ce qu'entend un sourd, ce que voit un aveugle ? Il faut attendre que les larmes lui montent aux yeux, que la déglutition lui soit pénible, que la fièvre lui assèche les lèvres !... Dehors, il faisait chaud. Une otite en plein mois de mai ! C'était assez bête pour me ressembler, et je ne sais aujourd'hui si cet abrutissement du destin ne constituait pas une part secrète de mes désirs, indépendante de ma volonté.

Suis-je clair ? Pas trop. Tu t'en es allé seul vers la France.

Dans ma chambre aux persiennes closes, je t'ai imaginé là-bas, au pont de Suresnes, à l'entrée de la route de Versailles... Je sais aujourd'hui les printemps de Paris, le vent des campagnes qui survole la Seine, en puissant courant d'air, soufflant les pollens des marronniers... La foule électrique dans le rayonnement solaire et la poussière... Les journaux annonçaient les géants de l'automobile : Charron, Girardot, Edge, Jarrott, de Knyff, Osmond. Tu étais avec eux ! Sur la ligne, quarante et une voitures hautes sur pattes, aux volants presque horizontaux, et trente-sept cycles à moteur aux pneus minces. Tu portais, toi, le numéro 66, un beau début d'apocalypse. L'éclat des porte-voix, la trombe des machines au moment du départ, le tourbillon à l'horizon de la route... Avec ton casque de cuir, tes lunettes sanglées cernant tes yeux, tu devais avoir l'air d'un démon ! Paris-Poitiers, Poitiers-Angoulême, tandis que, dans les villages, des vieilles femmes fermaient leurs volets en se signant : « C'est pas Dieu possible, c'est des inventions du diable, ça finira mal ! »

Les nouvelles nous arrivaient à chaque étape. Peu avant Angoulême, ton destin est apparu sous la forme d'un chien jaune au poil hirsute, aux yeux couleur de miel. Un bâtard divaguant au gré des prés et des talus. En mire, juste avant une courbe, tu voyais Osmond sur son tricycle. Tu parvenais à le dépasser, tu gagnais. A fond, la manette des gaz ! Sur les jantes, le virage !

Plein brouillard, dans la poussière d'Osmond ! Et, soudain, le choc. Une masse vivante te frappait, le gros chien jaune, le corniaud ahuri que tu n'avais pas vu. La bête glapissait, rebondissait, tandis que tu butais dans le talus. Roue cognée, réservoir cabossé, câble d'alimentation arraché. Il était loin, Osmond ! Les jambes raides, tu faisais quelques pas. L'animal était mort. La course était finie. Le lendemain, tu prenais le train du retour, ton Prinetti et Stucchi dans le fourgon de marchandises. Ce jour-là, je ne souffrais plus, j'étais soulagé, mais la fièvre n'était pas tombée. Je pensais à toi, à ta rage, englué dans les correspondances entre Angoulême et Milan. C'était l'après-midi. La chaleur, toujours, ardente et immobile. J'étais seul à la maison avec Luciana. J'avais pris un tub glacé, une douche à l'arrosoir, malgré ses hauts cris. Quand Papa et Maman n'étaient pas là, je n'en faisais qu'à ma tête. C'est tout l'avantage, quand on a quinze ans, d'être immense ! Je croissais, poussais et craquais comme les bambous nocturnes découverts à l'aube.

J'étais remonté m'allonger, la cervelle embrumée, le corps rafraîchi. Dans une semi-conscience, un bien-être charnel où rien n'existait que les secondes qui passaient, la pénombre et l'odeur de l'air qui pénétrait entre les lames des persiennes, j'ai entendu la clochette du jardin. Et puis, en bas, la voix de Barbara, *mezzo soprano,* émouvante : « Rembrandt est dans sa chambre ? Ettore n'est pas arrivé ? Ne t'inquiète pas de moi, Luciana… » Bruissement de sa jupe en haut de l'escalier... Grincement de la porte qu'elle refermait avec précaution... Il y avait quelque chose de secret et d'intime dans la légèreté de son pas, quelque chose de clandestin que je ressentais, les paupières fermées. Venait-elle pour moi ? Venait-elle pour toi ? Elle avait prononcé mon nom avant le tien. Je gardai les yeux fermés, respirant la douceur de l'instant. Je *dormais.* Elle s'est assise sur le bord du lit. Je sentais son parfum. Je craignais de me trahir. Trahir, vraiment ? Sa hanche a roulé contre moi. Froissement soyeux de l'étoffe. Parfum tendre, mêlé à l'odeur de biscuit de sa peau. Elle était au-dessus de moi, tout près, ses cheveux frôlaient mon visage. J'entrouvris les yeux. Aussitôt, elle y posa la main. Lentement, ses lèvres charnues, ses dents aiguës ont caressé ma bouche. Je tressaillis, elle pesa sur moi. Je tremblai sous ses baisers lents et profonds, puis multipliés et asséchés, des lèvres aux yeux, aux tempes, aux lobes des oreilles, les yeux encore pour conserver la nuit, la bouche pour l'humide tiédeur. La bouche palpitante de Barbara. Moi, tendu par la violence de ce filtre secret.

Soudain, en bas, les marches de l'escalier ont craqué. Barbara s'est levée promptement, a remis de l'ordre dans sa chevelure, s'est dirigée vers la porte. Dans l'obscurité de la maison, Luciana ne pouvait pas remarquer son trouble. De haut du palier elle s'est penchée, a chuchoté que je n'avais besoin de rien, que je dormais encore. Elle est restée appuyée contre la rambarde puis, sans se retourner, est descendue. Moi, les yeux grands ouverts, comme les oiseaux nocturnes, j'ai vu l'ombre s'éloigner. Avais-je rêvé, avais-je vécu l'instant, et l'un superposé à l'autre n'était-ce pas la même chose ? Son odeur m'imprégnait, sucrée et acide, sa peau à elle, celle de ses joues et de son cou, et puis celle de sa bouche. D'un bond, je suis allé jusqu'à la table de toilette. J'ai plongé mes mains dans l'eau, je me suis rincé avec frénésie le visage... Ruisselant encore, j'ai refermé la porte de ma chambre pour ne rien savoir du vrai ou du faux, du réel ou de l'imaginaire, et revivre en pensée, allongé sur mon lit, un acte à jamais enfui.

Elle avait dix-huit ans et portait entre ses lèvres toute l'expérience du monde. Quand nous nous sommes revus une semaine plus tard, c'était le soir au café Biffi, avec Leopoldina, Maman, Deanice et toi. Papa, que les concerts du Biffi assommaient, avait prétexté un rendez-vous avec Giovanni à la galerie Grubicy. Maman n'était pas dupe, bien sûr, mais elle n'avait pas protesté. Elle allait « merveilleusement bien » – c'était juste entre deux migraines. Sur fond de musique légère, les conversations allaient bon train. On parlait de la querelle entre Puccini et Leoncavallo qui s'éternisait à propos de *La Bohème*, d'après Murger. Puccini affirmait haut et fort, avec une colère marquée, être le premier à avoir eu l'idée de composer un opéra sur ce thème. Il traitait Leoncavallo de crétin, de plagiaire, de gominé, de « Kaiser-au-petit-pied » ! Et son aigreur faisait d'autant plus plaisir à voir que *La Bohème* de Leoncavallo se fredonnait partout ! Barbara se gardait de prendre parti : elle avait obtenu un petit rôle en vacation à la Scala. Le bavardage continuait. Leopoldina prétendait d'un ton fielleux que Leoncavallo avait dirigé un orchestre de café-concert au Caire. Maman saisissait l'occasion pour raconter combien la mère du vice-roi d'Égypte s'intéressait aux meubles de Papa. Il était question d'une commande importante. « La mère du Khédive ! » gloussait la Bolzoni d'un air ravi. Khédive, n'est-ce pas, c'était tellement plus chic. Toi, Ettore, tu avais l'air de t'en foutre royalement. Moi, je guignais Barbara. Quand tu évoquais tes aventures en France, elle te buvait des yeux. A un moment, pour l'empêcher de t'interrompre, tu as posé ta main sur la sienne. Vous aviez, alors, terriblement le même âge. J'en ai été humilié. Peut-être s'en est-elle aperçue et a-t-elle décidé de m'accorder une sorte de consolation ? A l'instant où nous nous levions pour partir, elle m'a plaqué deux gros baisers sur les joues en disant : « A bientôt, mon immense petit fiancé ! » Leopoldina et Maman ont souri. C'était sans conséquence. Tu n'as pas dû vraiment entendre. Tu aidais Deanice à se dégager de la table. « Tu viens, Nice ? » demandais-tu gentiment. Elle n'avait pas fini son gâteau. Elle est partie le bec plein, notre ange de douceur, notre gourmande.

... Deux baisers sur mes joues, puis l'attente. Et cette obsession d'un soir de printemps : nous nous promenions dans un jardin en dédale de buis, nous étions entrés dans une rotonde de verdure, elle s'était assise sur un muret de pierres sèches. J'étais debout. Elle me dominait. Je m'étais approché. Elle avait serré ses bras autour de mes épaules, posé ses lèvres sur mes yeux, laissé ses jambes s'ouvrir à mon contact… odeur moite abandonnée sur mes mains, tache bleutée que j'ai imprimée dans la chair crémeuse d'une cuisse, à l'intérieur, aux confins d'un bas blanc, à l'endroit de la morsure, qui allait se nuancer de vert et de jaune au fil des jours. Et puis elle s'est échappée, hautaine, secrète, pour revenir brusquement à d'autres crépuscules. J'en étais ébloui ou, pire, abasourdi. J'étais le fiancé enfant, l'inassouvi, le malhabile, gourmand et dégoûté, rageur et plein d'espoir, jouet d'une demi-vierge. Tu sais, ces fantaisies de jeunes filles, à l'instant où elles vous embrassent, lorsqu'elles rient dans votre bouche.

Maman, avec ses sens exaspérés de recluse, s'est doutée de quelque chose, mais elle n'y croyait pas. C'était impossible, inimaginable. Seul Giovanni savait, me permettait de comprendre et de vivre, jusqu'à cette fin de septembre où l'amour incertain cessa de se nourrir de confidences. C'était un matin brumeux et froid. Papa a reçu un télégramme de Suisse : *Segantino décédé dans la nuit.*

… Segantino, l'appellation tendre de Bice. Elle était partie d'urgence quelques jours plus tôt, éperdue d'angoisse, en apprenant que Giovanni était tombé gravement malade. Il venait de mettre la touche finale à *La Mort,* dernière toile du triptyque qui devait figurer en bonne place à l'Exposition universelle de

Paris. Je me souviens de ses mots irrités à la princesse Bibesco lorsqu'elle évoquait le nouveau siècle : « 1900 ! s'était-il exclamé en haussant les épaules. Le temps ne se découpe pas en tranches ! Les siècles passés continueront de vivre ; le futur ne poussera pas ses racines au 1er janvier ! » Et il y sourdait une hostilité sombre, incompréhensible. Cela faisait des semaines que Giovanni me manquait, que j'attendais son retour. Mais à cause de l'immensité de ses tableaux – il avait un « travail d'ours », comme il disait lui-même avec une sorte d'avidité –, il avait eu besoin de se glisser dans sa montagne et d'y rester longtemps. Bice, alertée du désastre imminent, avait quitté Milan en jurant de nous tenir informés. Depuis, plus de nouvelles. Et là, son télégramme. Papa s'est assis, foudroyé. Son corps semblait perclus et lourd. Il a bégayé : « Six jours pour mourir, peut-être sept… qu'a-t-il pu arriver ? » Il a répété la question plusieurs fois, en regardant ses doigts pour compter les jours, avec un air très vieux. Et je ne savais plus si j'avais mal à cause de cet air-là, d'extraordinaire vieillesse de Papa, un air que je n'avais jamais vu et qui soudain me faisait peur, ou bien si cette douleur du cœur qui cogne et qui se tord venait de ne rien connaître de la fin de l'oncle Giovanni. *Segantino décédé,* je ne comprenais pas ce que ça voulait dire. De la mort, je n'avais touché que le corps desséché des abeilles tombées à la fin de l'été, les crânes jaunis des bouquetins qui décoraient le grand chalet de la Maloja. On ne savait pas si Bice était là-bas ou si elle avait été obligée de monter au refuge du Schafberg. Le chemin était long et difficile. « Ça change tout pour l'heure du télégramme », a observé Papa qui voulait meubler le silence. Il ne disait pas « l'heure de la mort ». Était-ce au milieu de la nuit, ou à l'aube d'un nouveau jour ? Il a dit à Maman d'imaginer Giovanni blessé, incapable de redescendre jusqu'à la vallée... Bice était peut-être allée jusque là-haut... Tout ça prenait du temps... Mais en vrai, dans la bouche de Papa, c'étaient des mots confus et sans importance ; alors il s'est tu. Quand je l'ai vu pleurer en silence, ma gorge s'est serrée et j'ai eu les yeux brûlants, le visage chaud des gens qui n'ont pas dormi. Il était tard. Il est encore plus tard aujourd'hui, et je n'arrive pas à fermer les yeux.

Qui a tué Segantini, mort empoisonné, dans des circonstances atroces ? Un accident, disait-on. C'était une vérité admise. Et je ne me posais pas la question. Je devrais apprendre à vivre seul au milieu des miens. C'était assez pour mon cœur et ma misérable tête. J'étais taciturne. Je deviendrais muet, ou plus exactement – pardonne le mot qui traduit ma pensée – aphasique. Barbara s'éloignerait de moi. Dans le grenier de la via Marcona, il y avait des corps craquants de bourdons et de paons-de-jour aux ailes scellées de poussière. Là-bas, dans la baïta du Schafberg, trempé de fièvre, Giovanni avait agonisé durant des jours ; son ventre infecté s'était débondé dans des souffrances infernales. Tu voudrais savoir, n'est-ce pas ? Savoir ce que je sais moi-même ? Je t'en parlerai plus tard.

Voulais-je exorciser mon angoisse en me rendant dès lors si souvent corso Vittoria dans l'atelier de Troubetzkoy ? Mon premier lien avec l'art s'était rompu, il me fallait absolument en renouer un autre. Paolo m'accueillait avec un sourire, me laissait contempler ses jeunes modèles, gracieuses et alanguies. Sous un front qui commençait à se dégarnir, sous ses paupières creuses, il avait un regard scrutateur. Il travaillait devant moi, et sourdait entre nous une sorte de paix allègre, où il parlait, mais sans jamais me poser de questions. Il m'expliquait, me montrait, m'enivrait de gestes. Il me mettait en éveil : « Observe et prends. » Lors de son séjour à l'Académie artistique de Moscou, son premier acte de professeur fit scandale : il ordonna d'évacuer immédiatement de la salle les moulages qui auraient pu assécher le jaillissement créateur des élèves, qu'il obligea à produire et à modeler d'après nature, et à ne surtout pas copier, même de bons sculpteurs. « Après, m'a-t-il dit, je ne les ai plus dérangés. Au début de mes cours, ils étaient soixante. A la fin de la première session, il en restait trois. Mais quelle liberté ! Jusqu'à ce qu'il n'y en eût plus qu'un seul… Le directeur de l'académie, le grand Pasternak, m'a alors courtoisement poussé dehors. J'ai donné ma démission avec le sourire, car j'étais persuadé, et je le suis toujours, qu'il vaut mieux n'avoir qu'un seul élève, mais bon, mais doué, plutôt qu'une masse de médiocres. Le talent ne s'apprend pas, il est inné. Je n'ai jamais accepté aucune influence, et il en sera de même pour toi. » Ses mains voltigeaient, caressaient la terre, rendant la vie, la chair fraîche, l'éphémère et le précieux. Le *fa presto* ! C'était une danse fauve autour d'une silhouette surgissant au bout des doigts, en miracle donné, frissonnante et multiple. Mouvement façonnant la présence, la densité sensuelle dans laquelle Paolo laissait clairement marquée l'empreinte de son pouce. Le *fa presto,* l'achèvement de l'instant, l'impression pure, étrangère à la lente besogne qui engourdit la matière. De Troubetzkoy j'ai saisi la vivacité, et l'*imprimatur* du pouce. Le reste m'appartient, car je suis seul comptable de mes ignorances et de mes orgueils.

Quand il me semblait avoir appris quelque chose d'essentiel, un raccourci d'exécution, une finesse de vieux routier, je rapportais la pièce pour la conserver sur nos étagères. Dans l'atelier de Papa, ça renâclait à cause de la place qu'on occupait, tu te rappelles ? Tu avais tes rouleaux d'études automobiles, et moi mes vaches en troupeau ! Je rêvais d'une ville qui posséderait un zoo immense, où j'observerais les lions, les singes, les marabouts et les gazelles. J'avais l'impression d'être une créature larvaire confinée dans une caverne, cernant toujours les mêmes formes. Troubetzkoy m'engageait à m'intéresser aux humains. Il me disait de prendre les gamins des rues, les dames habillées – « Il faut un certain âge avant de croquer les femmes nues ! » –, les messieurs à canne et à chapeau… Des humains, quoi, lorsque je m'entêtais sur mes animaux en cage. Mi-sérieux, mi-moqueur, il me disait de me rabattre sur les bichons des comtesses, ajoutant qu'ils avaient souvent plus d'esprit que leurs maîtresses. Milan n'étant guère pourvue en fauves, je n'avais qu'à me résigner. J'ai donc fait le buste de Paolo ! Et puis, j'ai modelé Maman. Cette sculpture juvénile au visage tendu subrepticement vers le ciel, je l'ai toujours gardée. Elle te revient de droit. Maman s'était parée pour moi, m'avait offert une attitude de grâce, que je lui ai rendue pour l'éternité. Étrange sensation, détachée de soi-même, que l'instant où les doigts d'un fils recréent le corps qui l'a conçu.

Les mois passaient, c'était l'époque où le deuil de Giovanni s'apaisait, s'insérait en moi pour un sommeil dont j'ignorais qu'il s'éveillerait si cruellement un jour. C'était l'époque où je traînais au bar Apollo, avec Ajolfi et Borgomani. Le vermouth au siphon, *con seltz,* pas cher ! J'étais le plus grand, je servais de caution aux deux autres… Ajolfi avait un joli coup de crayon et rêvait de gloire. Borgo voulait partir pour l'Amérique parce que c'était le pays où tout était possible : Barnum venait d'offrir dix mille dollars à Sarah Bernhardt pour prix de sa jambe en cas d'amputation. Le télégramme faisait le tour du monde ! J'imaginais la « chose » en forme de jambonneau. L'épine du tibia dépassant, laquée de sang frais ; la chair du mollet, grasse et blême ; la peau adoucie au gant de crin ; le pied articulé, souple sous la main de l'acquéreur. Et puis, au fil du temps, le raidissement, la rétraction, l'extrémité brune de l'os obscènement dehors. C'était l'époque où, de nouveau, je me regardais dans les miroirs. J'avais seize ans et demi, une taille d'un mètre quatre-vingt-treize, enfin, et comme disait Maltese, « une nette insuffisance pondérale ». Ces mots-là me plaisaient, autant que ma silhouette. J'étais dégingandé, comme disent les dames mûres en regardant les jeunes gens. Mon squelette grinçait, on m'appelait *Pampa*, ou l'*Américain*, j'en tirais une fierté immense. Comme Papa, je me composais des vêtements originaux : culottes sous les aisselles et vestes en entonnoir. Il avait d'ailleurs caché dans ses affaires un chapeau noir espagnol à bord droit que je me promettais de lui extorquer. C'était une surprise princière venue de Madrid. La princesse avait surestimé le volume crânien… alors…

Oui. C'était l'époque où je guettais dans les yeux des autres la réponse à ma propre image. Et c'est là que tu m'as trahi.

C'était un chien de printemps, la *primaveraccia*, beau temps et sale ambiance, tu avais été jeté de chez Prinetti et Stucchi parce que tu coûtais trop cher. Stucchi avait serré les boulons du coffre, Prinetti se lamentait, nostalgique de ton génie ; les frères Gulinelli, aussitôt alléchés, avaient fait le voyage de Ferrare pour te rencontrer dans l'atelier de Papa où tu t'étais replié… Ils te commanditaient. Tu vois à quoi je pense ? Tu colonisais la cour. Les modèles en bois de ta Type 2 encombraient la tonnelle. Le châssis était prêt, les pièces passées en fonderie. Tu t'obsédais sur la fabrication des véhicules à quatre roues depuis que tu avais vu le père Chauchard, le directeur du magasin du Louvre, courir avec à ses côtés une femme superbe, tandis que tu te talais le derrière sur ton tricycle. Elle avait soulevé sa voilette pour te regarder. Le vieux avait la barbe blanche, le masque flétri, la puissance des boutiques… et elle, elle était si belle ! Hein, *fratello* ? Les femmes ne cesseront pas de te faire gagner… Le moteur de la Type 2 ronronnait. Le printemps s'avançait, début d'aventure. Tu n'avais même pas vingt ans, au stand Ricordi pour l'Exposition internationale. La Type 2, briquée à mort ! En perspective, le Grand Prix de la ville de Milan… Il y avait De Dion, Renault, et surtout l'ami Lancia qui pilotait la Fiat. Tu l'as dominé de façon foudroyante. Quatre cylindres alésage 90, soixante kilomètres-heure. Dans les tribunes, les frères Gulinelli t'acclamaient, Ricordi était aux anges, le duc des Abruzzes agitait son chapeau ! Le jury avait décidé de ne pas se presser : du talent, le petit Bugatti, mais trop farceur, trop chien fou. Il pouvait attendre. Tout ça, tu le sentais. Tu n'allais quand même pas te changer pour cette brochette de vieux imbéciles. Mais tu le supportais mal. Pour oublier l'angoisse du verdict et la foule qui se pressait dans les stands, tu es rentré à l'atelier. C'était le soir ; dehors, il faisait encore jour, tu étais penché sur tes plans, quand je suis entré tu t'es tourné vers moi : « Tiens, regarde ! » Tu as gratté une allumette, enflammé la mèche de la lampe à pétrole, repoussé un carton. A ce moment, un rouleau s'est replié, en froissement rapide. Une enveloppe couleur parme est apparue. C'était une lettre de Barbara. L'aurais-je saisie, son parfum m'aurait porté au cœur. Je me suis reculé dans l'ombre. Tu m'as demandé sur l'instant ce que j'avais, pourquoi j'étais bizarre. Et toi, Ettore, pour réagir si vivement, avais-tu surpris mon regard ? Le lendemain, tu partais pour le lac Majeur, au Regina Palace. Tu disais être invité par Leopoldina. Évidemment. Tu disais en avoir assez d'attendre le jury. Bien sûr. Tout le monde, à Milan, savait que tu étais le meilleur. Tu pouvais t'éloigner tranquille. Et moi, je me suis claquemuré dans ma chambre, à plat ventre sur mon lit, visage écrasé contre les oreillers, pour étouffer ma rage. J'avais trop de douleur et de dignité, c'est-à-dire trop de lâcheté pour prononcer un seul mot de souffrance ou de défi. Je te revoyais dans le jardin avec elle, dimanche familial, tout le monde était là, tu la guettais du coin de l'œil. Et puis, elle a chanté pour nous. Tu t'es allongé dans l'herbe fraîche, tu as cueilli une fleur de pissenlit et, la casquette un peu de travers, la paupière à demi close, un peu pour le soleil, beaucoup pour l'allure que ça te donnait, tu l'as observée. Tu la convoitais avec un mélange d'abandon et de négligence. Abandon à ton propre désir. Négligence au regard du résultat que tu obtiendrais. Céderait-elle ? Oui, tant mieux. Non ? Tant pis. Ou plutôt, ça pourrait attendre. Tandis que moi, je continuais à rêver d'elle, sans oser porter mes yeux sur ses yeux, mes lèvres sur ses lèvres, mes doigts sur sa taille, mon corps contre son corps. Elle finissait de chanter. Le rouge aux joues. Le rire, en trille, un peu trop haut, un peu trop brusque. C'est elle, Ettore, qui m'a brûlé de sa propre chair. Te l'a-t-elle dit quand vous vous êtes retrouvés au lac Majeur ? Cette lettre parme, parfumée de violette, odeur de mort, c'était là, en quelques lignes furtives, qu'elle te fixait rendez-vous ? Car c'est elle qui t'appelait, n'est-ce pas ? Le beau voyage qui devait être couronné du Grand Prix ! Des lauriers pour toi. Toutes les victoires. Elle a choisi, elle a choisi, pauvre imbécile ! Elle sacrifiait l'amour à la jouissance – oh oui, de bien grands mots, mais c'est ainsi ! Et sans doute n'en désirais-tu pas plus. Vous êtes rentrés main dans la main, chargés de votre mutuelle odeur, qui me tordait le ventre. Tu sentais Barbara, parfum de femme et de chant, la voix est aussi troublante que le sexe, tandis que vous transpiriez le soleil des routes, l'âcre saoulerie de la vitesse, les yeux brûlés des larmes du vent. Je *sais* que là-bas, sur les rives du lac Majeur, vous avez quitté l'hôtel, pour une promenade entre les Borromées. Le château de l'Isola Bella, ses jardins en terrasses ombragées d'orangers, de limoniers, de lauriers-cerises. Et puis, en barque, de l'Isola Bella, à l'Isola Madre. Où cela s'est-il passé exactement ? Mon Dieu, Ettore, que c'était conventionnel. Et que tu devais être viril et attirant, toi qui montes si bien à cheval, dressage, manège, saut d'obstacle, dans les haras des comtes Gulinelli. Saute l'obstacle ! Saute ! Saute !

De retour dans la lente mouvance du lac, le passeur tirant les avirons a dû avoir un regard louche. Je vous vois tous les deux, avec ce pauvre témoin, glissant de l'île de beauté à l'île de maternité. Elle y pensait, Ettore, elle y pensait ! Et vous êtes revenus à Milan, les lèvres gonflées de vos baisers, les yeux brillants, les mains fébriles. A peine l'entrée du jardin franchie, Maman a crié que le jury venait de trancher. Tu avais la coupe d'argent du Grand Prix ! Elle t'a serré contre son cœur, s'est reculée, et tandis que tu laissais éclater ta joie, lors même que tes pensées et tes gestes t'éloignaient de Barbara, notre mère a compris. J'étais sur le seuil, adossé au dormant de la porte. Puis, tous les trois, vous avez remonté l'allée. Il y a eu de la gêne dans les yeux de Barbara quand elle m'a aperçu. Elle a eu une petite moue, comme on en voit aux jeunes putains de la ville. C'était flagrant ! Et soudain ses prunelles devinrent dures comme des billes de jais, sa bouche ne fut plus qu'une ligne : avec son teint subitement exsangue, sa figure était celle d'une de ces sculptures cruelles, comme en tournent les Chinois, dans un ivoire indéchiffrable.

Je suffoquais, *fratello*, à force de manquer de mots. Ils étaient autour de moi, ils appartenaient aux autres, je ne pouvais les aspirer ni les rejeter par le souffle, c'était une sorte d'écrasement. J'étais hors langage. Alors, pour macérer ce mal, je me suis retranché dans « la chambre de l'Escargot », ce monde clos, en vortex, c'est-à-dire en vertige, que notre père dans son arrogance présentait aux princes, pour se lover dans leurs palais. Te rappelles-tu son étrangeté un peu insane ? Papa l'avait fait assembler de façon provisoire dans un hangar en attendant l'Exposition internationale. Il me semblait qu'elle m'appartenait. J'y entrais en m'inclinant sous le chambranle surbaissé de la porte en arcade et, dans l'odeur du vieux chêne, suivais la spirale de l'animal doucement illuminée par des embrasures rythmées en perspectives. Au centre, un salon circulaire, séparé de cloisons en hélice, avec, en molles traînées, des bavures de nacre. Il y avait un canapé étroit gainé de parchemin dont l'extrémité relevée, recourbée en acanthe, figurait la tête cornue aux yeux de cristal... Oh, Barbara... Toute ma lâcheté pour ne pas la violer, déchirer sa robe, l'amour à cru, sur l'arçon, et sous le regard de l'escargot, les portes qui se ferment, la chambre bouclée, la pénétration, la sensation en vrille, héliocentrique, l'éblouir, l'aveugler, la faire souffrir et crier pour mon plaisir, le cœur cognant, les veines battantes, la spume au bas du ventre, lui mordre la nuque comme les lions, dans le friselis des cheveux trempés, et puis serrer sa gorge dans l'ombre. Cœur défaillant derrière les cloisons, dans les vapeurs lourdes des ornements de Carlo, quoi de plus enfermé, de plus solitaire, moi, pantalon ouvert, une jambe relevée, le corps étendu sur la banquette, les yeux de cristal braqués sur moi, pupilles fendues emplies d'objets soufflés de l'intérieur, comme les irisations de Murano. Barbara à terre, nue, la bouche ouverte, humide, visage contre le sol, les dents crissant contre la nacre... Et soudain des pas dans cette chambre, des pas étrangers... Moi, la panique absolue, me tournant brusquement sur la banquette trop courte d'où mes pieds dépassaient, et Papa avec la ravissante *contessina della*... – je ne t'en dirai pas plus – me découvrant sommeillant et pourpre, et lui, tout pâle !... La contessina, la gorge palpitante, essuyant ses lèvres d'un geste fugitif, et qui subitement se passionnait pour les rinceaux de l'orbe du salon. Ce que je faisais là ? Mais je dormais, Papa ! Que pouvais-je dire ? Ce n'était pas à moi de m'enquérir de la caressante attention de la contessina pour l'art de mon père. J'aurais aimé appeler cette œuvre close la chambre du Baiser. C'était le chef-d'œuvre de Papa. Elle marquait chez lui la fin d'une époque. Ce qu'on a su à Milan, c'était le mot de Carlo à notre reine lorsque, se penchant sur l'une de ses plus somptueuses créations, elle en avait admiré le style mauresque. « Non, madame, avait-il rétorqué d'une voix égale, l'Orient n'y est pour rien. C'est du Bugatti. »

Il allait vendre l'atelier de Milan à De Vecchi qui continuerait à fabriquer ses meubles, pour s'installer à Paris et se consacrer à la peinture, la sculpture et la décoration. Qui n'avait pas reçu l'onction de la Ville lumière en matière d'art resterait à jamais un épigone, un provincial, un barbare des marches européennes, or voici que Carlo ne pensait plus en bois, ni en peau, ni en laque, mais qu'une vision plus élevée de son œuvre le hantait. Il était temps pour lui d'y céder. Le rêve solaire de l'Italie s'estomperait pour le miroitement majestueux de la France. La poussière blanche des routes surchauffées, lentement se poserait, cendre froide, et quittant les rangées d'ifs, de lauriers, de platanes, nous serions aspirés, absorbés par un chemin de hêtres, de chênes, d'arbres aux feuilles gorgées de sève qui roussiraient, noirciraient, tomberaient à l'automne. C'est ainsi que nous avons accosté sur le pavé de Paris, sans la moindre verdure, un triste hiver, rue du Banquier, en plein quartier des Gobelins, dans un logement provisoire. Maman n'y avait plus ses migraines, elle était même enchantée, sauf pour dire à Papa que nous ne resterions pas dans un pareil endroit, il fallait trouver une vraie maison… Toi, tu étais resté à Milan, avec Barbara dont le ventre s'était arrondi. Le gargouillis du sang initial, mystérieux toujours et pourtant si banal, le bouchon de l'utérus sitôt la femelle fécondée, comme la cire à cacheter, avec, à l'intérieur, l'estampille, l'embryon minuscule, étoile rouge imperceptible, fondue à des milliers d'années-lumière, qui pulse et qui dévore. En novembre 1903, elle te donnait ton premier enfant, l'Ebé, ma nièce chérie, que tu marquais de ton monogramme, E. B., comme le bétail de la pampa. De peur de te la faire voler. Et à défaut d'en épouser la mère. Puis vous êtes partis pour l'Alsace, à Niederbronn. C'était une séparation naturelle. Comment dirais-je ? Familiale. Tu t'agrandissais, et j'en éprouvais un bizarre soulagement. Tout allait bien, tu étais engagé comme directeur technique chez le baron de Dietrich. J'en ai tiré un gros portrait : le baron campé sur ses pattes, les épaules larges, la veste lâche au portefeuille garni, une figure ronde respirant le bonheur et le bon caractère. Mais tout ça, c'étaient des Alboches, des Fridolins, des crânes rasés. Je le dis sans haine, simple expression de ce qui sourdait entre les peuples : ils nous prenaient, nous Italiens, pour des femmelettes, l'Alsace était allemande, les Français une volée de moineaux qui, pour sortir de cage, avaient payé très cher, jadis, à Versailles. Le Kaiser, la moustache arrogante, son bras trop court dissimulé, allait bientôt parader à Tanger, en éructant ses prétentions sur le Maroc. Ce coup-là puait déjà les sentines des futures tranchées. L'argent était à Berlin. Les usines automobiles chez les Prussiens. Nous étions français de cœur. Toi aussi ! Mais tu étais allemand par nécessité – et nous appartenions tous à cette bohème aisée et apatride, à la lisière des cultures, au fil de cette lame que nous ressentirions si âprement plus tard.

... Papa, Maman, Deanice et moi avons déménagé, je découvrais avec bonheur notre nouveau domicile parisien, à deux pas de la rue du Banquier, au versant de la colline qui vient mourir sur le boulevard Saint-Marcel, à la pointe aiguë qui unit la rue Jeanne-d'Arc à la rue Duméril, telle une proue de navire plongeant dans l'écume. Tout était en pente. Vers le haut, la maison en dunette avec ses escaliers en bois et tommettes surgis du XVIIIe siècle – comme nous étions loin de Milan ! –, son balcon arrondi à rambarde forgée, en terrasse aristocratique ombragée de feuillus, d'où nous voyions le toit de l'atelier, situé en contrebas, dans un jardin qui ressemblait en vérité à un terrain vague. Triangle étrange et préservé, avec de hauts murs, suivant le dénivelé des rues, couverts de lierre. Une cour pavée de grès en lisière des bâtiments, une végétation sauvage offerte par les vents, d'herbes hirsutes, de morelle douce-amère. Il suffisait de sortir, de longer le trottoir, et j'assistais aux ultimes ventes de chevaux. Un brin de promenade encore, et c'était le Jardin des Plantes, ses bâtiments gris-noir, majestueux et tristes, ses allées de tilleuls et de marronniers, ses serres tempérées et chaudes, son belvédère.

J'aimais le marché aux chevaux pour son odeur, sa chaleur fumante en hiver, les cris des maquignons, l'argent sonnant et trébuchant. J'ai passé là des heures à dessiner sur le vif, à me glisser entre les hommes et les bêtes, pour retenir des instants de destin qui s'en allaient tous à l'issue du jour. Mais j'étais plus sensible à la sourde mélancolie du Jardin des Plantes. Je voulais une ville où il y eût un grand zoo ? J'y étais ! Et le sol était chargé de fange, le piétinement des captifs empêchait l'herbe de croître, les déjections acides coulaient sur les arbres morts où perchaient les charognards. Je frôlais les barreaux crasseux des cages, longeais d'un pas lent les courbes aquatiques liant l'aire des animaux paisibles à celle des échassiers, la grande volière, la fosse aux ours, le palais des singes, la rotonde, la faisanderie, le bassin aux crocodiles, la loge des animaux féroces, l'enclos des hyènes, des renards et des loups... Du côté des humains, je veux dire en liberté, il y avait Madeleine Lemaire qui donnait ses cours d'aquarelle.

J'observais à la dérobée Marcel Proust, aux paupières lourdes, et Anna de Noailles, au regard tragique. J'avais alors un air farouche, et je pensais encore en italien. Je savourais mon dépaysement sans clairement le définir : à Paris, les lignes des robes étaient plus fluides qu'à Milan, les corsets étaient moins raides, le parfum des femmes plus subtil, mais la différence des êtres plus violemment tranchée, il y avait les amateurs de champagne et les soiffards d'absinthe et, dans la lividité des jours, l'atelier aigre et la prostitution. Mais j'en parle aujourd'hui comme s'il s'agissait de souvenirs, sans être bien certain, pour les avoir vécus, d'en avoir été sur le moment conscient, car pour moi, Paris, avant tout, c'était le feu ! Le feu de la rencontre avec Adrien-Aurélien Hébrard, le célèbre éditeur d'art. Notre premier contact fut méfiant ou, plus exactement, ce fut lui qui, tels les fauves, se tint la patte sur le recul. Mon nom lui déplaisait. Pas Bugatti, mais « Rembrandt », c'était trop pour un grand bourgeois parisien. Un de ses amis l'avait malgré tout convaincu en s'amusant à le mettre mal à l'aise : « Allez voir ce gamin, lui avait-il dit. Il vit chez son père, il est étonnant, sa sculpture fait penser aux portraits de Carrière. » Si on veut ! Et ça l'avait agacé, Hébrard, parce qu'il était partagé entre la peur de manquer une affaire, et celle de perdre son temps. Des artistes travaillant dans le genre de Frémiet, Degas ou Rodin, il en était gavé. La veille encore, c'était un Allemand qui imitait Bourdelle, alors, un Italien de dix-huit ans ! Il est venu en râlant qu'il allait « encore voir un instar »... Je l'ai à peine salué, tellement j'étais timide, rouge de confusion, rouge à me donner des claques – ce qui n'aurait rien arrangé. Sans un mot, j'ai fait défiler devant lui *La Panthère bâillant, La Panthère marchant, La Harde de cerfs et de biches*, etc. Il a réagi de façon enthousiaste et abrupte, déclarant qu'il s'attendait à voir un petit Italien habile à singer les travers des maîtres ; au lieu de ça, il trouvait un véritable artiste. Le compliment était raide, Papa était ravi, et le contrat d'exclusivité n'a pas traîné, valable pour la fonte et la commercialisation. Bien bouclé ! J'en souffre encore. On s'imagine toujours qu'on ne va pas grandir. Mais ça, avant la signature, les marchands le savent, parce que c'est leur métier. Parce que ce sont des chiens en quête de nourriture fraîche. Quoi de plus séduisant qu'un marchand qui a distingué un artiste ? La sensibilité n'est-elle pas sa qualité première, aussi bien que son charme ? Sitôt qu'il flaire le talent, il le transforme en bronze, et de ce bronze, il fera de l'or, mais en exclusivité, c'est-à-dire à ses conditions. L'œuvre a-t-elle de la puissance ? Il la tirera en réduction, parce que la clientèle n'aime que ce qui tient sur sa cheminée. Question d'envergure. Au diable la réduction ! Au diable les petits sujets ! J'ignorais tout ça, à l'époque. J'étais étonné et séduit par qui déclarait m'aimer. Je n'imaginais aucun calcul, je n'entendais aucun bruit d'argent, aucun tintement de tiroir-caisse, puisque ce qui me restait en poche suffisait à mon bonheur. Voir grand ? C'était pour moi tout naturel, étant aveugle. Je ne savais pas encore que j'étais l'innocent, l'enfant immense. Mais avant d'envisager le désamour, je préfère te raconter le vrai feu, celui qui façonne. Celui de la fonderie du grand Hébrard.

L'ami Palazzolo, arrivant de Milan, s'était placé chez lui. Nous nous étions rencontrés par hasard au Jardin des Plantes. Il m'avait vu en premier : « Rembrandt ! » J'étais en plein travail, main tendue, l'œil cligné sur une baguette de buis : je prenais des mesures. Les loups sommeillaient sur leur terre-plein aride, d'autres tournoyaient dans la boue jusqu'à la folie. « Rembrandt ! Ho ! m'hai visto ? » J'ai tourné la tête et je l'ai vu : « Albino ! » Le cher Albino, de la via Vespucci, qui s'était occupé de mes premiers bronzes pour la biennale de Venise ! Nous nous sommes retrouvés dans les bras l'un de l'autre, deux Italiens de haute taille, parlant fort, se frappant dans le dos, se congratulant, c'était parfaitement inconvenant face à la misère gourmée de la ménagerie de Paris… Nous ne nous sommes plus quittés. Le point de ralliement était chez Hébrard qui aménageait ses nouveaux ateliers avenue de Versailles – nous avions tous la même passion de la fonte à la cire perdue ! Je me souviens qu'un jour, tandis qu'Albino et moi longions la chaussée, un petit homme en noir marcha à notre rencontre. Âgé d'environ quarante ans, proprement habillé, il avait des mains très blanches, un chapeau melon, l'air d'un fonctionnaire aisé et tranquille. « Regarde ce particulier, m'a dit Albino *mezzo voce*, c'est l'homme le plus sanglant de ce pays, le bourreau, M. Deibler, qui remise sa machine à deux pas d'ici. » J'ai hoché la tête pour indiquer que j'avais compris. M. Deibler a cru que je le saluais, il a soulevé son chapeau, et passé son chemin. Quelques instants après, nous franchissions le porche de la fonderie, humant avec bonheur l'odeur des terres vitrifiées, des scories brûlées, des acides... Au fil des mois, Albino était devenu l'adjoint d'Hébrard, lui offrant sa maîtrise de la Renaissance italienne, pour mieux se repaître des trésors que son patron lui octroyait en retour. Plus j'y pense, et plus je me demande s'il n'y a pas une profonde volonté cannibale à se proposer d'être le disciple de quiconque. Tout est question de temps. Qui dévorera l'autre ? Et pour les siècles des siècles, l'anthropophagie bien comprise, par le sang et la digestion sauvage, féconde les dynasties. Rembrandt et Albino ! Nous nous retrouvions. *Il fuoco* ! Les matières en fusion, dans leur incandescence, sont plus éblouissantes dans notre langue.

C'était une émotion joyeuse de voir Hébrard travailler lui-même les patines. Il ne me dépossédait pas de mes premières œuvres, il les exaltait. Très droit, très mince, le visage fermé, concentré sur l'acte. Il avait la confiance des plus grands : Dalou, Charpentier, Rodin. Toutes ses fontes à cire perdue étaient originales car, à chaque tirage, nous devions apporter nos retouches, impressionner la cire, ductile, moelleuse, presque tendre. Du moulage à la retouche, au ruissellement des métaux, à la patine, je m'enivrais de la chaleur, de la lumière, du grondement continu, comme une cataracte – c'est le cœur même de la fonderie –, du souffle des sulfureuses vapeurs. Hébrard pulvérisait des produits dangereux. Tu vas rire, *fratello*, si Maman craignait pour les yeux de Papa, moi, j'avais peur pour les moustaches de M. Adrien ! La patine, c'était le triomphe et le secret d'Hébrard : verts pâles et acides, bruns traversés de nuages, ors miroitants, vieillis, mouchetés, bleu-noir aile de corbeau, surfaces d'argent et peaux de bronze chaudes, somptueuses, ou glacées… Il avait expliqué un jour à Clément Vautel, venu en reportage dans l'atelier, qu'il avait réussi à reconstituer les émanations volcaniques du Vésuve. Ces gaz, il les projetait sur le métal de façon à le rendre semblable aux merveilles surgies des cendres de Pompéi. Vautel, évidemment, a voulu entrer dans les détails. Hébrard a répondu tout sec : « Qu'il vous suffise de le savoir ! »

Mais Paris, c'était aussi le feu dans la poitrine de notre mère. Qu'a donc Mme Bugatti ? Après s'être occupée de l'installation de la maison, à sa manière, arbitraire et raffinée, elle avait repris sa place dans le fauteuil à bascule de la via Marcona, qu'on entendait grincer, de façon régulière, en horloge provinciale, comme les battements d'un cœur dont la vie s'écoule sans passion. Teresa, la belle et volontaire Teresa, tu lui manquais, Ettore, sa poitrine lui faisait mal, prise entre les étouffements de l'ancienne pleurésie, l'asthme qui la consumait, la nostalgie ardente. Peut-être aussi ne s'habituait-elle pas à l'idée d'être grand-mère, quand son mari poursuivait ses rêves, se muait en orfèvre, ciselant l'or et l'argent pour des créations étranges, écloses de son égoïsme. Te souviens-tu de ces insectes graciles entrelaçant leurs membres sur de petites amphores, rampant sur les anses des tasses, courant sur les contours des plateaux ? Papa ne cessait de grandir. Il avait cinquante ans, ses mains étaient magiques, son esprit nullement épuisé par trente ans de voyage intérieur. Maman, l'âme désertée de toi, laissait s'installer sa douleur. La guitare à trente cordes dont elle jouait jadis avec le maestro Moceri restait muette. Deanice tapait sur le piano. Tu te demandes pourquoi je suis si âpre, alors qu'avec un petit effort je pourrais devenir franchement odieux ? Tu lui manquais, et je n'y pouvais rien.

Les samedis et dimanches, je m'évadais avec Albino. Quand nous étions en fonds, nous hélions un fiacre, et en route vers le Luxembourg ! On dégustait un mazagran à La Closerie, avec les rapins du quartier. Albino traversait le carrefour pour chasser la gigolette au bal Bullier. « Tu viens ? – Je viens ! » Il était plus hardi que moi, mais je me laissais faire. Je le regardais à la manœuvre. La nouvelle façade en céramique du Bullier était déjà une fameuse invite : une guirlande de danseurs en frac et gibus, avec le hop là ! là ! des petites femmes, ornait son entrée, jambes en l'air, bonnets au vent, rubans jetés. C'était René Grégoire qui s'était amusé à modeler ce joyeux scandale. Il y avait pris un plaisir pervers en songeant qu'on le lui avait commandé, à lui, qui allait remporter le premier Grand Prix de Rome ! La musique tournoyait, populaire et chaude, quadrilles des lanciers, polkas galopantes, et les nouveautés comme le rouli-rouli où les filles essoufflées revenaient s'asseoir en s'affalant. Albino dressait sa haute taille, balançait les épaules, retroussait sa moustache tombante, mettait de l'ordre dans ses cheveux bouclés – geste désespéré – et passait à l'attaque. Je n'ai jamais aimé l'alcool autrement que pour lutter contre le froid. La bière, bien sûr, mais ça rafraîchit ! Bullier était une fête. J'y croquais des silhouettes attendrissantes ou grotesques. Et parmi ces dernières, il y avait un personnage insolite, pas aussi célèbre que Valentin le désossé, mais bien plus répugnant. Il avait attiré mon regard, il m'avait intéressé, vraiment, et j'imaginais que ma sculpture, dès lors que je le prendrais comme modèle, allait transcender l'ignominie que tout individu sensé, d'instinct, devinait chez lui, qu'elle allait mettre au jour je ne sais quel coin de paradis. Or c'était une erreur, et j'y ai reçu une leçon de vie, me retrouvant face à ma naïveté, qui pouvait être aussi une forme d'orgueil. On l'appelait « le Procureur », ce client-là, parce qu'il avait jadis fréquenté la magistrature, et de quelle manière ! On n'avait pas connu d'accusateur plus sanglant, plus féroce, d'autant plus acharné qu'il se savait en secret de même substance que ceux dont il réclamait les têtes. Mais la vérité était sourdement remontée au Palais. On avait murmuré qu'il tripotait les procédures, qu'il manipulait la presse, qu'il portait le poids de la mort de témoins, aussi avait-il jugé expédient de prendre ses distances avec l'institution judiciaire, pour mieux barboter dans les marigots de la politique. Il était aigre et blême, prévaricateur et vicieux, sorte de créature givrée qu'on eût tirée de la calotte glaciaire, dont l'œil globuleux laissait échapper parfois, de façon fugace, des éclairs de haine. Flaires-tu la complexité de cet assemblage, l'humiliation sociale, et la volonté de revanche ? Il en ricanait de travers, le pantin blafard, et le rictus soulevé de ses lèvres révélait de vilaines dents plantées en cavalcade. Le plus toxique, avec ce singulier bonhomme, était le mélange d'attraction et de répulsion qu'il pouvait exercer. Une chauve-souris dansante, criant à la morale, à la probité, mais assoiffée de sexe et d'argent : je suis oiseau, voyez mes ailes, je suis souris, vive les rats ! Et malheur à celui qui décrypterait sa nature profonde, celui-là était aussitôt pointé comme ennemi à abattre, qu'il noierait bientôt dans la nasse traînante de la calomnie. Il savait s'y prendre, le vilain tartufe : il entonnait le grand air des mains blanches, et se drapait alors dans sa toge de justice ! Je l'ai observé au cours de lourdes soirées de ribote : un joyeux drille, vraiment, lui dont l'aspect au prétoire était si tranchant ! Il s'était loué de façon clandestine un petit galetas où il nourrissait une demi-mondaine, assez dégoûtée par sa laideur, certes, mais la tête froide, qui, après chaque coup de reins et de ventre, calculait ses futurs avantages en cas d'aubaine politique. Le Procureur progressait en rampant : il s'y voyait déjà ! Elle s'y voyait aussi. Ils s'exaltaient dans leur couche : la Chancellerie, quelle timbale ! Un secrétariat d'État ? Un sous-secrétariat ? En attendant, il l'avait engrossée, et pour s'établir un fonds de commerce, pour « se lancer », comme il disait, il présentait sa face au peuple, en glapissant à la vertu. Avec une impudence infernale, il exploitait le portefeuille des braves gens, à coups de dénonciations, de libelles et de souscriptions, crochetant l'argent au passage, en profitant grassement, comme la vermine éclôt et prolifère sur la charogne dont elle est le produit. Je l'ai revu par hasard, il y a quelques jours, planqué dans le Paris de la guerre, et je t'en reparlerai, si j'ai encore la force de m'indigner. Il a laissé une trace cuisante dans ma mémoire, vois-tu, pour une raison quasi magique : j'ai essayé de modeler son visage, et en vérité c'était impossible, tout ce qui sourdait de lui, à l'instant de la représentation sur la glaise, se mettait à fuir et à fondre, c'était un masque de saindoux ! J'avais rencontré la plus visqueuse créature de la terre, l'imposture, le mensonge incarné, viande flaccide et puante, mais à l'intérieur. C'est ainsi que la matière pourrait n'être qu'un mode de l'âme, et sans doute ai-je mis un temps infini avant de tirer les fruits de cet enseignement. Albino, terrien et perspicace, se moquait de moi : « Tu ne cesses, disait-il, de scruter chaque bête dans son individualité, pour en rendre l'essence, pour prouver qu'elle est étincelle de Dieu, et quand tu te trouves face à un homme chargé de vice ou de haine, tu refuses, par sensibilité imbécile, de lire sur son physique. Ça te jouera des tours, mon Rembrandt ! » Puis il me prenait le bras, m'entraînait de table en table… Ce qu'il faisait la nuit venue, vaguant un peu, quand nous nous séparions, je ne pouvais que m'en réjouir pour lui. Je me souviens d'une rousse flamboyante qui se pendait à son gilet sous les arceaux du bal Bullier tandis que je regardais passer une brune aux épaules rondes, au décolleté voluptueux.

Albino avait raison, mais ce qui pouvait me jouer des tours à l'extrême, me détruire, peut-être, conduisait aussi le mouvement de mes mains. Tu n'as pas connu Monsieur Louis dont la toute jeune fille exsudait une pauvre bohème. Elle avait les cheveux abondants, les formes jolies, amollies par l'épuisement de la race, générations de nourriture incertaine, confinement, chevilles sanguines... Elle possédait en paradis du corps des seins minuscules et frais. Je l'ai eue devant moi, nue, debout, bras levés, mains croisées sur la tête, hanches saillantes de l'adolescence rétive. J'ai humé tout ça, sublimé l'enfance, affiné l'ossature trop forte pour des muscles non faits, et c'est ainsi qu'elle est devenue gazelle. C'était sa vérité profonde. Laisse-moi l'affirmer. Ça me rassure.

Les femmes. Je les caressais au creux de mes paumes. *La Femme au chat,* nue, agenouillée, brandissant l'animal en dépouille distendue. Oh, ne t'imagine rien ! Les modèles ont une odeur, c'est indéniable. Il m'arrive de les haïr pour leurs impatiences : elles ont besoin de s'ébrouer, de se détendre, elles ont des fourmis dans les bras, dans les jambes. Parfois, pour avoir la paix, j'ai envie de les empailler ! Et si tes mains ne vont pas assez vite pour croquer la posture, tes doigts trop nerveux blessent la terre, laquelle t'offre en miroir la misère de ton exécution. Ces années-là, j'aimais les titres anonymes donnés avec commentaires : *Femme nue à genoux, les mains derrière la nuque, elle s'étire. Femme nue debout, elle se cache le visage. La femme aux bas, elle pose nue, debout, elle a froid.* J'en garde le souvenir saillant du ventre délicat, bombé en bouclier, et des tétons dressés.

Sous l'aile d'Hébrard j'exposai dans sa galerie, rue Royale, mais aussi aux Artistes-Italiens, à la Société nationale des beaux-arts, au Salon d'automne. C'était des débuts flamboyants, une sorte d'ivresse où j'apparaissais, fondu de timidité – plus souffrant est l'orgueil, plus droit est le port de tête –, avec le cœur vibrant et la panique du moindre mot à échanger. Je me souviens du Paris exacerbé des critiques d'art à la veille d'un Salon d'automne : « Ce vernissage-là ? goguenardait l'insolent Louis Vauxcelles, oh, ce ne sera pas la banale et fade chambrée où snobs et artistes mondains se congratulent, il y aura de la bataille, de la poudre, pas seulement de la poudre de riz ! Voyez-vous Béraud et Jourdain se rencontrer face à face ? Carolus et Carrière ? Hein ? Supposez la délégation de la Nationale avec ses Courtois, ses Rixens et ses Dubufe, venant escalader la forteresse de l'art jeune et libre ! » Eh bien non ! Contrairement aux rumeurs de complot que me rapportait Vauxcelles avec gourmandise, l'infirmerie du Grand Palais n'eut pas à utiliser sa charpie ni son arnica car les censeurs restèrent au coin du feu. N'empêche qu'à l'ouverture les bavardages allaient bon train. On potinait, on dénigrait, on déchirait : « Avez-vous vu la *Jane Avril* de Lautrec ? Quelle vengeance, hein ? On raconte qu'Avril lui aurait... », la fin de la phrase se murmurait à l'oreille. Il s'en débitait des méchancetés et des sottises ! « Et le statuaire italien, vous savez, Medardo Rosso ? Il paraît que Rodin a été d'un *rosse* avec lui ! » Rires étouffés sur ce petit jeu de mots. « Rodin, génie tant que vous voudrez, mais petit, petit, comme caractère ! Il prétend que Rosso n'a rien inventé, que c'est lui, Rodin, qui a brisé le premier la ligne en sculpture. C'est la future querelle entre l'Italie et la France !... Dites-moi, au fait, est-il vrai que Troubetzkoy soit un prince russe anarchiste ? »

On s'écrasait dans les salles des Renoir, Lautrec, et Cézanne. Les journalistes notaient : « Sensationnel, énorme, renversant ! » Mille personnes le matin. L'après-midi, plusieurs milliers, une foule, une poussière, une cohue étourdissante, aveuglante, tempétueuse ! Tout-Paris voulait voir. Il venait, et s'admirait lui-même. Vauxcelles me prenait par le bras, me traitait en vieux camarade, s'esclaffant qu'il s'était trompé sur les snobs : « Pardon, il y en a ! Ils sont tous à la salle Cézanne ! Ils n'y comprennent rien. Au fond ils n'aiment pas ça ! Cet art de primitif les choque, les suffoque, mais il faut être dans le train. » Il se penchait vers moi : « Non, mais vous voyez Cézanne dans le monde, arrivant d'Aix, avec sa houppelande, sa casquette de roulier, la barbe hirsute et la pipe au bec ? »

Et moi ? Je figurais en avènement de gloire parmi les bronzes souples de Troubetzkoy, les cires énigmatiques de Rosso, *Les Geishas* de Kôren, *Les Danaïdes* de Bourdelle, *Le Buste de Rodin* par Falguière, *Le Bébé endormi* de Dalou. Mes félins attiraient du monde à la vitrine d'Hébrard. Je me gardais d'approcher de crainte d'entendre les commentaires. Trois vieilles dames se dirigeaient vers ma *Lionne dévorant* en ajustant leurs faces-à-main. Elles allaient bavasser, c'était sûr ! Et je me demandais si nous méritions vraiment les mots qui volent. Quels sont les droits de la foule sur ce qu'elle regarde ? Chaque sculpture ne possède-t-elle pas son histoire, sinon son secret ? Que pouvaient-elles deviner par-delà le bronze, ces trois douairières ? Lorsque je regardais ma lionne, j'étais transporté une année en arrière, au Jardin des Plantes. « C'est bien, jeune homme ! » avait claironné une voix gouailleuse, tandis que je façonnais. « Vous, au moins, vous ne travaillez pas derrière les barreaux, vous êtes carrément dans la cage ! Et je m'y connais !... » C'était un drôle de quidam au verbe haut, à la poitrine musculeuse, aux jambes torses, au visage buriné et caoutchouteux, barré d'une moustache cirée de noir. Avec un aplomb de saltimbanque, il se présenta : « Jim, dompteur. J'ai voyagé dans tous les pays d'Afrique ! » Sans la moindre gêne il tourna autour de ma sellette, les yeux fixés sur la glaise, sans se demander si ce qu'il me disait m'intéressait. Des bêtes sauvages, et des belles lionnes comme ça, justement, il en avait rapporté des palanquées, il les avait piégées pendant trente ans pour les ramener en Europe, intactes, en bonne santé, le poil et les crocs luisants. Oui, par cargos entiers, avant de rentrer lui-même, pour finir dans un cirque. Quand on ne court plus aussi vite, qu'on a reçu son content de balles de fusil chez les Blancs et de coups de sagaie chez les indigènes, quand on revient couturé partout, mais encore vif, on est aussi bien sur une piste... « Attention ! affirma-t-il soudain en pointant l'index et en clignant de l'œil. Avec les fauves, l'important, c'est la psy-cho-lo-gie ! » Le temps était à l'orage. C'était un après-midi d'août, en période de pleine lune. Les cages et les enclos sentaient. Les tigres tournaient, allaient et venaient en rauquant. Un jaguar restait en arrêt, immobile et nerveux, les oreilles couchées, se frappant les flancs de sa queue. Ma jolie lionne, indifférente, entamait un quartier de viande avec, à côté d'elle, un boulet de fer en guise de jouet. Jim s'approcha des barreaux comme s'il voulait flairer lui-même. « Tous différents, hein ? Chacun son caractère, ses influences, observa-t-il. Chacun son destin, à moitié vécu, et puis ça... cette vie d'attente, désormais. Mais on peut comprendre, et adoucir ce qui reste. » Le bonhomme me plaisait. Je l'écoutais : « Vous savez, lorsqu'ils abrutissent les bêtes à coups de fouet dans l'arène, les dompteurs tuent l'énigme du danger. Il faut vivre avec elles ! Mais les yeux ouverts. Un moment de distraction, un pas trop avant, et la patte jaillit ! Sitôt que la griffe accroche la chair, l'odeur du sang ravive le fauve. Il ne faut jamais s'endormir. Les plus grands accidents surviennent quand on passe de l'amitié à l'inconscience. »

Ma lionne dégustait sa pièce de viande. Jim l'admirait : « Un beau brin de fille, des yeux de miel, et l'échine souple, signe de jeunesse ! Si on vous autorise un jour à la nourrir, tranchez vous-même les morceaux pour qu'elle connaisse l'odeur de vos mains. Choisissez des portions chargées d'os pour qu'elle soit moins gloutonne. Donnez-les-lui lentement. La captivité est pénible, l'oisiveté énerve, alors il faut faire durer le plaisir. » Il baguenaudait dans sa mémoire, décrivait ses voyages africains, me racontait ses histoires de cirque, et le jour malheureux où, son chien sur les talons, il était entré dans une cage. Le tigre, les yeux injectés, avait bondi. Il s'était brusquement rejeté en arrière, pour s'apercevoir que ce n'était pas lui qui était visé ! L'espace d'un éclair suivi d'un grognement de victoire, il ne restait plus du chien qu'un magma broyé. « J'en ai pleuré, jeune homme, j'en ai pleuré ! Le chagrin, et la honte, parce que j'avais reculé… » Ma lionne avait fini. Apaisée, elle bâillait, montrant ses crocs humides. Elle repoussait de la patte le boulet de fer qui s'immobilisa dans les débris de viande et d'os. Puis, négligeant qui pouvait la voir, elle se mit sur le flanc… J'ai achevé ce modelage quelques jours plus tard, rue Jeanne-d'Arc. Tout était en place, avec quelques détails à affiner.

« Superbe ! » disait-on devant la vitrine d'Hébrard, au Salon d'automne.

Ç'avait été plus fort que moi !

Je m'étais approché... La curiosité, l'avidité, l'inquiétude... Les douairières à faces-à-main détaillaient les courbes brunes... Je m'éloignai, rassuré et furieux. Elles appréciaient, et alors ? D'autres m'infligeraient des éraflures. Je me suis traité *in petto* d'imbécile en songeant que, pour triompher de l'angoisse, la fuite et le retranchement constituent un paradoxal courage. Je me suis astreint à respirer plus lentement. J'ai déambulé dans la foule. Je me suis absorbé dans l'amitié chic des Fitz-James, des Polignac, du duc de Gramont et de son fils aîné, le duc de Guiche ; j'ai navigué en silence dans le cercle précieux de la comtesse Greffülhe, de la marquise de Mun, de Robert de Montesquiou et de Boni de Castellane. J'ai retrouvé avec un plaisir intense Troubetzkoy, qui m'a annoncé qu'il allait se fixer définitivement à Paris. Il m'a parlé d'égal à égal, ce jour-là, et cela m'a troublé. Oui, c'était bien l'avènement de la gloire, qui m'inspirait ravissement et méfiance. Je garde en mémoire une phrase prononcée par un comédien subtil : « A l'instant où je quitte quelqu'un, je suis ce qu'il est. » J'ai parfois ce sentiment pour les êtres qui m'environnent, fascinante rémanence qui mène à la griserie, à la folie, ou aux tourments de la passion. J'avais un front de lumière – celle de l'extrême jeunesse, ne t'y trompe pas, je ne suis pas dupe – mais aussi une nervosité, une âpre réserve qui me permettaient de recevoir les regards insistants des femmes, comme de certains hommes, et de les admettre, sans pour autant les leur rendre. Un visage m'attirait cependant, de manière, je l'avoue, presque narcissique. Elle s'appelait Kathleen, elle était anglaise, élève de l'académie Colarossi, elle exposait à la Nationale, et Rodin, en amateur, l'avait repérée. Il disait d'elle que c'était « un petit morceau grec d'un chef-d'œuvre », le vieux faune ! Il se délectait de ses bronzes comme un maître jouit de l'influence de son propre génie sur les nouvelles générations, et lui donnait du « chère collègue » en pariant sur son avenir. Kathleen était de la graine des très grands sculpteurs, plus âgée que moi de six ans, et fascinée par les corps des jeunes hommes. Tandis que je vivais encore en famille, elle était adulte, indépendante, échappée d'une enfance orpheline et violemment puritaine, exilée volontaire, gourmande de la grâce masculine, mais aussi impatiente de l'instant présent. Elle me caressait en vierge impérieuse, affirmant avec terreur qu'au premier acte accompli, elle accoucherait d'un enfant. Elle aurait un fils, disait-elle, qu'elle dorloterait dans ses bras. Elle esquissait alors un geste malhabile dont la véritable ampleur s'épanouissait dans les maternités qu'elle façonnait de façon quasi obsessionnelle. Elle se coulait entre mes bras, et moi, la contemplant, je retrouvais en elle ma vision du miroir, au premier étage de la via Marcona : grands yeux liquides, menton pointu, cheveux en bandeaux, avec aussi, sous mes mains, les reins souples d'une femme. Kathleen ! Nous parlions en français, avec des accents si lointains, si contrastés, que c'était pour nous un charme supplémentaire, assouvi lorsque nous nous taisions enfin, lorsque nos lèvres se joignaient en un silence mêlé de soupirs.

... Barbara et toi, vous étiez si loin de nous ! Quand vous veniez à Paris, Maman vous donnait la chambre à l'étage, avec la cheminée Louis XV en marbre vert. En passant devant la porte ouverte, le matin, je regardais votre lit défait. Barbara chantait parfois. Je tendais l'oreille. Dans les brumes de l'Alsace, elle avait perdu sa voix. Les concerts des salons de province avaient clos le rideau rouge de la Scala. L'Ebé trottait, parlait, se muait en petite fille, je la voyais descendre l'escalier au galop, jouer à la marelle dans la cour, se barbouiller de confiture dans la cuisine pour sauter sur mes genoux et me coller de gros baisers poisseux. Puis elle courait vers Carlo, son grand-père... eh oui ! Je l'observais, caressante et vive, et rêvais à ce qu'elle serait plus tard, ignorant alors les propos ambigus d'Odilon Redon qui avouait aimer les fillettes parce qu'il sentait en elles toutes les femmes sans y trouver une femme, et que c'était exquis ! Les mois passaient. Barbara s'est de nouveau trouvée grosse en 1907, et tu l'as épousée. J'avais une belle-sœur. Elle n'était plus ma fiancée de nostalgie, mais *Ettorina,* et je me suis prêté avec veulerie à cette coutume d'esclave, pour me persuader qu'elle t'appartenait. On la dépouillait de son identité, elle était le féminin de ton nom, ce qui était grotesque. *Ettorina*... *Rina*... et les enfants qui suivraient, les *Ettorini* ? Marchons pour la tradition. Dieu me garde des *Rembrandtini* ! C'était pour moi une époque indéfinie et tumultueuse, Kathleen avait occupé mes jours comme j'avais occupé les siens, et puis nos chemins s'étaient séparés. Elle était repartie pour Londres où il était question de mariage. J'avais refusé d'en entendre davantage.

André Salmon, jeune poète qui fréquentait la maison, me fixait de ses yeux rêveurs. Très pâle, le masque trop long, tirant la lippe, il me disait que je vieillissais, ce qui m'inquiétait et me remplissait de joie. Il n'avait guère que trois ans de plus que moi, mais sa collaboration à *Vers et Prose*, la revue de Paul Fort, sa participation aux lectures du mardi à La Closerie, son amitié avec Apollinaire, Picasso et toute la bande du Bateau-Lavoir, ses premiers discours sur le cubisme, le nécessaire attentat à la vraisemblance en matière d'art, son goût pour l'interprétation du monde par le cylindre, la sphère et le cône, tout cela m'en imposait. Et il me surveillait comme un vieillard attendri le ferait d'un enfant. A chaque grande exposition, j'avais mon nom dans les journaux français, belges, italiens et même américains, ce dont je n'étais pas peu fier, avec des notes flatteuses, sauf exception. L'une d'elles m'a marqué, car je suis plus enclin à me souvenir des blâmes que des louanges. Je m'y trouvais associé à Troubetzkoy qualifié de « chroniqueur de la glaise, mauvais et très illustre ». Troubetzkoy était assez puissant et mûr pour embourser sans sourciller le mot, mais il eut un effet de tonnerre dans ma tête, dès lors que les autres critiques me qualifiaient d'animalier de premier ordre mais aussi de très jeune homme, avec ce qui manque encore pour être un grand artiste : l'âge. Je savais qu'ils avaient raison, même si mes œuvres côtoyaient celles de Maillol et de Rodin. J'avais les yeux bien ouverts. En peinture, comme disait Vauxcelles, il y avait « la cage aux fauves » où rayonnaient les aquarelles de Rouault, Braque, Dufy et Marquet. Elles me plaisaient, et je me sentais, moi aussi, terriblement fauve ! Ainsi les reproches m'atteignaient au cœur. Je les prenais avec humilité et humiliation, plus fermé, plus bouclé que jamais. Les compliments ne me rendaient pas plus bavard, je suis resté stupide – mais qu'y avait-il à répondre ? – le jour où Rodin m'a entouré l'épaule de sa patte puissante pour dire devant ses élèves que j'étais un maître. Salmon l'a su. « Oui, oui, tu vieillis lentement ! » a-t-il ironisé. Et comme il était à la fois amical et taquin, il m'a demandé : « Au fait, comment se porte Diane ? » Il fallait une malignité divinatrice pour la découvrir ! Il l'avait repérée parmi mes cires perdues : *Diane nue, un chien à son côté.*

… Je l'avais rencontrée à Anvers. Papa y connaissait Josué Dupon, professeur de sculpture à l'Académie royale, qui possédait une immense maison flanquée d'un atelier à la Gulden Vlieslaan, dans le quartier de Berchem. Pouvait-il m'y recevoir ? Carlo lui avait écrit que je souhaitais visiter le parc zoologique et, si possible, y travailler quelques jours. Josué m'a accueilli avec la chaleur et l'amitié d'un frère aîné. Diane était sa fille. Je l'ai modelée nue, parfaitement. Revenu rue Jeanne-d'Arc, veux-tu que je te dise ? En pensée, j'étais déjà reparti ! J'ai cédé à ce désir, j'ai fait plusieurs allers et retours, et quelques autres portraits... Je me souviens de cette période comme l'on regarde un kaléidoscope. Tout bougeait en sous-main, dans un ordre inconnu. J'étais à l'aube d'une migration, je la sentais confusément, sans l'avoir encore décidée. Je ne garde en mémoire que certains événements symboliques. Celui-ci, par exemple : tu m'avais envoyé des outils en acier martelé, conçus par toi, et rien ne pouvait me faire plus plaisir. Ils étaient plus lourds, plus denses que tous les autres, et tu n'imagines pas leur influence sur mes doigts car, à leur poids augmenté, correspondait chez moi ce qui allait être une évolution naturelle. J'en avais assez, aux termes du contrat d'Hébrard, de ne présenter que de petits modèles, je craignais d'être accusé de manquer de souffle, et de fait, dans les galeries, ça n'a pas manqué ! Alors j'ai sculpté avec tes outils un athlète assis grandeur nature, un étudiant américain, Samuel White, noueux, vigoureux, le buste légèrement de biais, le visage de trois quarts, penché vers l'indéfinissable, que Rossi-Sacchetti, dans un immense article, a aussitôt qualifié de « brute », quand je songeais à une méditation. Il voyait une « brute humaine se reposant », mais prête à bondir, à mettre sa force au service de la haine, de la cruauté, de la destruction. Cette interprétation m'a bouleversé. J'avais façonné ce jeune homme au masque impénétrable, à la musculature saillante, presque en réaction au *Penseur* de Rodin dont la figure bestiale m'avait frappé ; et voilà que ma méditation devenait brute, que le critique avait raison, puisque, en moi-même, je n'avais pas suffisamment établi de repères. Oui, il était temps pour moi de quitter Paris, de prendre le large, de vieillir, comme disait Salmon, c'est-à-dire de mûrir, et de me dégager de la main de Rodin. J'ai dit à Papa que je voulais m'en aller. Il m'a regardé par-dessus ses lunettes en demi-lunes, a marmonné : « Attends une seconde, veux-tu ? » Le temps de finir un trait. Puis il m'a fixé en me demandant pourquoi. Tout allait bien à Paris, non ? Oui, sans doute, mais pas assez vite. Alors il a répondu : « Où que tu ailles, tu seras seul. »

Je suis parti pour Anvers, bien sûr, pour le plus grand, le plus riche, le plus spectaculaire zoo d'Europe : cinq mille bêtes environnées de trois cent mille humains ! Quand tu me lis, *fratello,* prononce en pensée *Anverss* et non *Anver,* comme les Francais, et tu seras dans la ville où j'ai passé les heures les plus belles et les plus terribles de ma vie. Je n'avais apporté avec moi qu'une valise emplie de vêtements. Pas d'objets personnels, hormis tes outils. J'ai logé chez Josué. J'ai retrouvé Diane, mais le temps avait couru et, même si nous avions rêvé tous deux, il a fallu que je m'éloigne. J'ai loué une petite chambre avenue de Keyzer, à deux pas du jardin zoologique, à pied d'œuvre… Je savais la suite des jours : observer, respirer, au milieu de la foule, avant de travailler. Je me baladais sur les quais, et sur les bords de mer. Chaque année, dans ce lieu magnétique, se négociait la vente de milliers de passereaux venus par cargos du bout du monde, en remontée lente jusqu'aux méandres de l'Escaut. J'aimais la lumière dans les yeux des enfants tenant les cages minuscules, et plus encore celle du poète qui s'éboursillait pour libérer les oiseaux. Il soulevait les grilles en guillotine. Les bestioles, effarouchées, engourdies, ne sortaient pas tout de suite, elles faisaient quelques bonds maladroits, puis, frissonnant des ailes, filaient vers l'azur, ou les cieux chargés de brumes. Le poète les regardait en souriant. Les marchands se frappaient la tempe sitôt qu'il tournait le dos, mais ils empochaient l'argent sans vergogne. Tout le monde était content ! *Als't u belieft !* S'il vous plaît ! Le jardin zoologique, aux beaux jours, fleurait la liberté.

Ma vie quotidienne s'est ordonnée en douceur. Je me suis mis au travail sans morosité comme sans allégresse. Comment dirais-je ? Avec sérénité. Je savais que je ne m'étais pas trompé. J'avais gardé un solide ami, Josué, qui m'avait présenté au consul général de France… Et toi ? Oh, Ettore, quand ma vie s'écoulait, la tienne voltigeait à la vitesse du vent ! Tu es passé en météore, après m'avoir envoyé un télégramme. Tu faisais un crochet par Anvers avant de filer vers l'Allemagne. Tu avais une femme, deux enfants – Lidia était au berceau. Tu avais des projets plein la tête. Tu préparais ton prochain déménagement pour Cologne, où tu devais intégrer les usines Deutz. « Intégrer », le mot te hérissait ! Je t'ai attendu à la terrasse du Grand Hôtel Weber, tu t'es garé devant moi, à l'écart de la ligne du tramway. Tu m'as fait signe de la main pour m'empêcher de me lever. Tu t'es approché. Je te revois encore, l'air mystérieux, refermant sans bruit la portière et me promettant une surprise. Chut ! Pas tout de suite ! Nous avons bu un café. Tu étais nerveux, tu parlais de façon saccadée. Barbara allait très bien, oui. Les enfants aussi. A qui ressemblait la petite Lidia ? Tu répondais vaguement, avec un sourire bref. Et toi, Ettore ? Tu pouvais me raconter un peu, quand même ! Tu avais décroché une situation superbe. Deutz te réclamait des grosses voitures, quand tu imaginais des pur-sang légers. Tu en rêvais déjà. « Ça posera problème », disais-tu, mais c'était bien payé ! Et puis tu allais négocier rudement ta liberté. On pouvait te faire confiance !... Allez, en route ! Tu t'es levé en jetant de la monnaie sur la table. Tu as traversé la voie du tramway. Parmi les fiacres et les gens à cheval, l'Hermès, capote fermée, était la seule automobile de l'avenue. Tu as ouvert doucement... la surprise était là. Sur la banquette de cuir, pelotonnée dans une couverture, l'Ebé dormait. Chaton aux dents pointues au moment du bâillement, petit air grognon, et soudain les yeux grands ouverts : « Oncle Rembrandt ! » Et mille baisers, mille caresses, elle, dans mes bras, contre mon cœur, j'avais la sensation d'étreindre ma fille. L'Ebé la potelée, regard noisette, frange sombre, cheveux mi-longs, robe retroussée, jambes qui s'accrochent, qui m'enserrent la taille. Tu me laissais l'enfant, repartant aussitôt pour l'Allemagne. Je l'ai gardée deux jours pleins, le temps de ton aller-retour. Deux jours pour moi !

L'après-midi, l'Ebé et moi sommes allés à l'enclos des girafes. Il y avait une enivrante différence entre sa main et la mienne, moi double mètre, elle si petite, nous ne pouvions, décidément, aller que vers plus haut que nous. J'avais dans mes poches, comme toujours, des feuilles de tilleul. J'en ai mis quelques-unes entre mes lèvres et, m'approchant de la grille, j'ai tendu mon visage vers le ciel. Tu n'imagines pas, Ettore, le velouté des lèvres d'une girafe. J'avais expliqué à l'Ebé le réseau admirable, le miracle du flux sanguin de ces créatures qui leur permet sans vertige de plonger soudain leur cou vers le sol comme de porter leur tête cornue vers le ciel. Quoi de plus gourmand de feuilles de tilleul qu'une girafe ? Le visage tendu, j'attends ; le cou dardé vers moi, elle vient cueillir la friandise, si parcimonieuse qu'il s'agit entre elle et moi d'une offrande, d'un hommage, d'une sorte de baiser. J'ai admiré l'Ebé, que je tenais à bout de bras, frémissante, se livrant à ce même jeu sensuel. La girafe l'a caressée de ses lèvres chaudes, oh, effleurée seulement, l'Ebé ne s'est même pas essuyée. Souvenir délicat entre nous. Te l'a-t-elle raconté ? Non, puisque nous avions juré le secret. Barbara s'en serait peut-être offusquée.

Je me revois portant le sac de voyage où elle avait rangé les affaires de sa fille. Il y avait un mot pour moi, du genre : Veille à ce qu'elle se lave les dents, ne la gave pas de bonbons, ne lui offre pas de ballons qui risqueraient plus tard de s'échapper de la voiture, ne l'emmène pas n'importe où ! Porte-toi bien, bon courage, je t'embrasse très très fort... Mais comment résister aux bonbons, en tête à tête avec une fillette ? Comment résister aux cacahuètes destinées aux singes ? Ouverture du cornet : une pour toi, le singe ; une pour moi ; encore une pour toi ; et le rire cristallin de l'enfance... Barbara avait aussi prévu la poupée de quiétude nocturne. Dans ma chambre, au second étage, avenue de Keyzer, c'était le paradis. La maison était vieille, les plafonds craquaient sous le poids des locataires, l'Ebé dans le lit reposait tranquille, la poupée couchée sur son ventre : « Raconte-moi une histoire. »

Via Marcona, jadis, Papa ne connaissait guère que celle de Pinocchio qui parle de désobéissance et de nez qui s'allonge. Un vrai cauchemar. Maman se contentait de se pencher et de laisser un baiser sur mon front. Mais Luciana ! Luciana ! Et tous ses contes qui me donnaient peur et volupté parce que j'étais sûr de n'y être jamais pris en faute ! Pas d'oreilles d'âne, ni de remords intime, mais de vrais méchants géants, des ogres avec de grandes dents et des bouches comme des cavernes, des fées, des lutins, des sorcières et des maisons en sucre d'orge. Quand Maman trouvait que ça durait trop, elle revenait d'un pas pressé et ordonnait de nous laisser dormir, en proférant des jugements insultants sur les histoires de cuisinière. A-t-elle prononcé exactement les mots ? Dans l'obscurité de la chambre, c'est ce dont je me souviens, mais je n'en suis pas sûr. Peut-être était-ce la sécheresse de sa voix, le soupir de Luciana que j'étais seul à entendre, et sa manière de partir la tête basse après m'avoir caressé la joue de sa main rêche… La silhouette de Maman tenant la lampe, dans l'encadrement de la porte… Sans doute ne sont-ce pas les mots ni les actes qui comptent, mais une certaine impression que l'on garde. Lorsque, après ça, elle se tournait vers toi pour te dire sur le même ton de cesser de t'agiter dans ton lit, j'étais partagé entre la joie mauvaise et la honte. Maman ne me brusquait pas de façon directe, hormis ses remarques acerbes, mais le fait que soudain celles-ci te fussent adressées, à toi, le fils préféré, prenait dans la nuit une ampleur assourdissante. Je n'avais aucune raison objective d'y échapper, puisque tu étais tellement meilleur, et j'en éprouvais une sorte de culpabilité muette où je me sentais ton débiteur. J'hésitais, te dis-je, entre la joie mauvaise et la honte mais, quel que fût le premier mouvement, j'en arrivais à cet accablement final, toujours le même, l'angoisse de la fuite, et le deuil intérieur.

… Raconte-moi une histoire. Les yeux ouverts de l'Ebé sous sa petite frange, cheveux épars sur l'oreiller, toute calme, décidée à m'extorquer son content de rêves. Il est tard, il faut dormir, mais le dire aurait été une trahison. J'ai puisé aux sources de mon enfance. Luciana m'a manqué pour les premiers mots, et puis, après un moment d'incertitude, c'est venu. Pourquoi pouvais-je, moi seul, hormis les gardiens du zoo, passer ma main entre les barreaux des cages aux fauves ? Il était une fois un lionceau que j'avais rencontré au Jardin des Plantes à Paris et que j'ai retrouvé à Anvers, grandi, forci, les crocs formidables, avec une lionne qui venait de mettre bas une portée de gros chatons. Nous nous sommes reconnus, lui et moi ; j'ai glissé ma main entre ses pattes, il m'a retenu de toute la douceur des coussinets qui forment ses paumes. Et quand, portant cette odeur, je me suis déplacé, la lionne m'a laissé rouler sur le dos les lionceaux, et leur chatouiller le ventre, tandis qu'ils ronronnaient. J'ai raconté à l'Ebé les éléphants énervés au moment de la nuit. Les soigneurs qui rivaient à leurs pattes les entraves, ces chaînes abominables, mais nécessaires pour les empêcher de bouger, de piétiner, d'osciller sur eux-mêmes durant les heures d'insomnie. J'ai raconté comment il fallait poser les mains à plat sur les joues des bêtes qui s'apaisaient en soufflant dans leur trompe. « Tu sais faire ça, oncle Rembrandt ? » Oui, il sait faire ça, l'oncle.

Et les perroquets ? Les cacatoès aux couleurs vives, assoupis sur leurs branches ? Il faut amorcer la parade, s'avancer, reculer, hocher la tête, les regarder de biais, les flatter – tu es beau ! tu es beau ! –, se moquer d'eux, pour qu'un premier éclair brille dans leurs yeux et qu'enfin, collerette hérissée, huppe dressée, dans un état d'excitation intense, ils lancent des cris acides, sinon une belle bordée d'injures. Oui, promis, on ira les voir !

J'ai raconté les pélicans, les flamants roses, le grand fourmilier goulu, et le gorille de la ménagerie à l'odeur âcre, m'accueillant en ami, m'offrant des bananes puis s'emparant de ma main, l'ouvrant pour faire le décompte animal de mes doigts, scrutant, dépliant mes phalanges, jouant avec elles, stupéfait de n'être pas moi-même, et regrettant peut-être que je sois si fragile. Me repoussant enfin, et me tournant le dos à l'instant où je quittais sa cage. Le bruit des verrous, retour à l'air frais, à l'air libre…

L'Ebé était endormie.

Le lendemain matin, je préparai un tub bien chaud. A l'eau, la sardine ! L'Ebé a répondu qu'elle était une grenouille, puis, se ravisant, a demandé : « C'est comment une sardine ? – C'est très joli, très mignon, tout brillant ! » Elle était à croupetons dans l'eau. Alors elle s'est déployée, a ondoyé, s'est métamorphosée en enfant-sirène, allongée sur le flanc, sur le ventre, et, se tournant légèrement vers moi : « Tu me pêches ? »

Barbara en Alsace, dans les biberons et les langes de Lidia, toi, en Allemagne, c'était la liberté ! Je frottai le dos de l'Ebé, la séchai dans mon peignoir. Elle te manque, ta petite sœur ? « Oh oui ! Mais Maman s'occupe tout le temps, tout le temps d'elle ! » Nous étions prêts. Elle glissa sa main que je serrai très fort dans la mienne et, dès l'entrée du jardin zoologique, nous cédions à l'immémoriale tentation de la pomme. Marike, la vieille marchande derrière ses grands paniers d'osier, les jupes en éventail, mains sur les hanches, nous attendait. Elle était grosse comme une tour, le visage rond, à la fois doux et bestial, surmonté d'une coiffe de dentelle pointue. Comment imaginer que, quarante ans plus tôt, elle ait pu faire commerce de ses charmes, ainsi que l'affirmait la rumeur ? « A la pomme ! A la pomme ! Des pommes pour les animaux ! » Sous les jupes de Marike, il y avait toutes les Flandres. « Ça est pas *kosteloos,* pas gratuit non plus, hein, monsieur, faut bien que je vive, mais pas cher... » Des pommes pour les animaux ? Ah, tiens ! Avant d'être lancées aux ours bruns, aux singes, aux gazelles, j'y ai parfois reconnu les traces de dents d'une petite fille.

Nous sommes allés au palais des éléphants, au bassin des otaries, à la mare aux pélicans, dans la serre humide gorgée de palmiers, de fougères arborescentes, de bananiers, de fleurs sanguines. Nous avons grignoté aux échoppes, parmi les enfants aux cerceaux, la foule ordinaire et le beau monde d'Anvers, huit-reflets et ombrelles, gants de satin et gants de peau. La main minuscule et moite de l'Ebé toujours dans la mienne ; il faisait chaud, elle trottinait, tandis que je marchais à pas retenus. Soudain cette exigence : « Je suis fatiguée, je veux aller sur tes épaules ! » Le monde vu d'en haut ! Et moi, retrouvant mon allure d'échassier rapide... « Tu es bien ? – Oui, c'est mieux qu'avec Papa, parce que toi tu es grand jusqu'au ciel ! »

L'après-midi, l'Ebé observait, pas du tout troublée, le repas des fauves : « Ils mangent quoi ? » Que pouvais-je répondre ? Ils dévoraient des chevaux, des quartiers de bêtes fourbues, sorties des mines, maigres et vieilles, les côtes saillantes, tremblant sur leurs membres, boulets gonflés, jardes aux jambes sous les crins poissés. Irlandais, boulonnais, ou sans race, des pauvres sans couleur, des bais, des pie, des cendrés, des noirs comme le charbon qu'ils avaient tiré toute leur vie : galeries nocturnes, tonnerre des wagonnets sur les rails, sabots butant sur les traverses. A la sortie, l'éblouissement du jour, et la résignation. Je les voyais souvent au moment des réformes, j'avais le cœur serré, sur le quai d'Anvers, haridelles estropiées et semi-aveugles, l'encolure brisée, se tassant les unes contre les autres pour ne pas tomber. Elles étaient vendues à l'équarrisseur. Et livrées aux fauves.

– Oncle Rembrandt, ils mangent quoi ? Hein, dis, ils mangent quoi ?

En fin d'après-midi, nous étions au Palais des Fêtes, assis à la grande terrasse, pour écrire une carte : « Chère Barbara, ici, tout va bien… » et je continuai comme si tout était à moi, clair et définitif, l'Ebé sur mes genoux, le temps suspendu. Elle devait avoir changé, Barbara. Son corps avait dû s'épanouir, son parfum serait plus lourd.

Tu es rentré de Cologne, vite, vite, sur l'aile des vents. Et dans l'Hermès, une nouvelle surprise, tu as grimpé les étages de l'avenue de Keyzer, un panier dans les bras. Dans le panier, un coussin, et sur le coussin ? Un minuscule basset endormi. Tu m'as lancé : « Échange fillette contre chiot ! » C'était le sosie d'un mignon petit cabot que j'avais modelé autrefois rue Jeanne-d'Arc, une saucisse à pattes que j'appelai aussitôt en flamand : Worst ! L'Ebé le caressait avec envie. Tu repartais sans tarder avec elle. En passant le seuil, tu t'es tourné vers moi en souriant : « Maintenant, tu vas avoir deux museaux à nourrir, deux ! » Et je me souviens de ton geste : tu tendais les doigts en V vers le ciel.

C'était sans problème, j'avais de l'argent, je m'habillais avec la même recherche, le même luxe qu'à Paris, j'avais les mains ouvertes pour mes amis. J'avais abandonné les cigarettes roulées pour les petits cigares clairs d'Amsterdam de chez Hajenius ou Reynvaan. C'était le bon temps, et je ne m'en rendais même pas compte. Papa, en marge de sa peinture, travaillait pour Dufayel et le Bon Marché, ça rapportait, il ne m'oubliait pas. Dubois, le financier d'Hébrard, s'occupait directement de moi, tel un père adoptif. Les ordres de paiement arrivaient le plus souvent de son château de Sparre, sans passer par la galerie. C'était confortable. Et je n'avais guère de frais : ma chambre à quarante francs par mois, un atelier que j'ai trouvé quelque temps plus tard au rempart des Béguines, vingt-cinq mètres sur trente-huit. Un hangar pour une bouchée de pain, parfaitement insalubre, inchauffable l'hiver, hormis le périmètre du poêle, dans une bâtisse où s'étaient installés mes « collègues », Albéric Collin et Oscar Jespers. Pas question d'y habiter, de la place tant qu'on voulait, mais humide, humide ! Et puant le moisi. C'étaient des débuts amusants avant que la vie ne nous épuise. On s'entraidait : « Veux-tu de la glaise ? Moi, j'ai du charbon… » Je prenais mes repas dans une petite pension et Hilde, la fille de ma logeuse, m'apportait certains matins du lait frais. Elle grattait à ma porte. Si j'étais endormi, je trouvais le pot de lait sur le seuil. Alors j'ai pris l'habitude de guetter son approche.

Elle était blanche et rose, les cheveux dorés, les yeux bleu pâle, sourire silencieux, délice de se regarder l'un l'autre... Sur ma table de chevet, il y avait un stylet d'acier très fin orné d'un serpent d'or. Hilde, un jour, m'a demandé d'où il venait, alors je lui ai parlé de Carlo et de ses rêves d'orfèvre... Barbara a-t-elle finalement accepté la parure de fou que Papa avait dessinée pour elle ? C'était un scarabée de turquoise monté en bague, relié à un lourd bracelet d'esclave par une chaînette sertie de brillants qui reposait sur le dos de la main. Elle avait protesté en affirmant que c'était importable !... Hilde regardait le stylet, l'admirait, je le faisais miroiter entre mes doigts. Elle l'admirait. Et je la désirais. Une mèche blonde s'échappait de son chignon. J'ai saisi les cheveux fluides, les ai rajustés et y ai piqué en épingle le serpent. Ma main enserrait sa nuque. Nous étions si près l'un de l'autre. C'était un duel entre nos yeux, un combat d'avant-garde. Que penses-tu ? Que veux-tu ? Qu'attends-tu de moi ? Non, pas encore, et pourtant je suis à toi, je suis à toi, serre-moi contre toi, serre-moi ! Oh, le premier baiser et sa langue malhabile, l'anxiété, les rumeurs du palier, les battements de son cœur ! Les rideaux tirés, qu'allais-je faire soudain ? Hilde, sa peur à chacun de mes gestes, son regard fixe, et son chavirement, mon genou pour l'ouvrir et ses jambes serrées. Pas un mot, baiser violent, entrechoquement des dents, mais farouche, farouche, tendre et laiteuse citadelle ! « M'aimes-tu ? Dis, m'aimes-tu ? » demandait-elle. Au fil des jours, elle s'ouvrait avec terreur, et je la savourais. Sur le plateau de ce lit où nous avions lutté en silence, s'offrait un amour qui réclamerait l'éclat du soleil. J'avais agi par gourmandise, sans penser à mal, sans rien donner ; prendre, c'est enflammer l'être et, dans cette combustion où nous étions enlacés, je ne pouvais, en desserrant mes bras, que laisser un amas de cendres.

« M'aimes-tu ? Dis, m'aimes-tu ? » Je fermais les yeux, laissais vaguer mon esprit, voyais les pélicans planer sur les lagunes, repérer les traces argentées de leurs proies, plonger pour les happer, puis monter vers le ciel, tandis que se débattaient, asphyxiées et aveugles, les créatures captives. Quand ils avaient mangé leur part, et qu'ils dégorgeaient dans leur nid, que restait-il ?

M'aimes-tu ? Lorsque j'entends ces mots tendres et angoissés, morsures de ma mémoire, surgit en écho le flamboiement d'une vision nocturne. Nous étions trois sculpteurs au café des Mille-Colonnes, Albéric Collin, Josué Dupon et moi, trois sculpteurs immobiles, comme les hiboux cloués aux porches des églises. C'était au début de l'automne. Sur l'avenue de Keyzer, entre le jardin zoologique et la place de Meir, le public des fins de concert défilait devant nous. Walter Vaes nous avait rejoints, pour nous montrer ses vignettes gravées, et puis surgissant de la foule, brandissant sa canne, le polémiste Charles Flor, dit Flor O'Squar, ravi de nous voir. Flor dont les critiques animaient les grands journaux d'Europe ; pugnace, teigneux, aimant la vie et les mots crus, on ne comptait plus ses duels. Il y avait perdu un œil. « Bah ! disait-il, pourvu qu'il m'en reste un, ça suffit pour veiller et écrire ! » La soirée s'avançait, personne n'avait envie de rentrer. Le Mille-Colonnes allait fermer. Flor connaissait un bouge où l'on buvait de la bière comme nulle part ailleurs, de l'orge fraîche et forte, nous étions déjà mûrs... Nous avons rejoint l'Escaut, longé le promenoir, franchi le débarcadère, pour atteindre le quartier des Bassins. Flor connaissait bien les ruelles. L'estaminet, comme on disait là-bas, jouxtait la boutique d'un tatoueur qui œuvrait en trois couleurs : « A Margrete pour la vie », sur fond d'île déserte coiffée d'un cocotier. Et c'est ainsi que nous nous sommes retrouvés dans un entresol voûté, enfumé et bruyant, accoudés à une table garnie de bocks aux couvercles d'étain. Imagine-toi le visage borgne de Flor, dans la brume du tabac, éclairé par une lampe à huile, scrutant de sa prunelle unique le haut de la flamme où il s'amusait à faire passer, de plus en plus lentement, l'extrémité d'un doigt. « Ça va puer le cochon grillé », a observé Josué, philosophe. J'étais le seul à l'entendre. Une troupe de marins allemands beuglait et riait, entonnant des refrains à boire, tandis que les serveuses, les filles sans corset, seins libres sous leur blouse, chargeaient les bocks... Dans le gras des rires, le senti de la bière, on entendait des : *Fraulein*, des : *mein Lieb,* des : *Kommst du ?* Viens, mademoiselle ! Viens, mon amour ! Des noms d'escales, Lisbonne, Gibraltar, Port-Saïd... Hurlements au long cours, odeurs de crapule et de dégluti, de sueur et d'ombre, toucheries de dessous de table, empoignades de fessiers, et la mousse ambrée de l'orge fraîche... Perdus dans la fumée, des montés du trottoir, pantalons moulants et maillots étriqués, serviteurs équivoques d'amours crépusculaires, des quartiers-maîtres, rats de cargos, mariniers de l'Escaut, cheminots des bassins, employés des darses aux relents de vase, pompeurs de pétrole et pelleteurs de charbon... une immense ivresse chaude, nous étions nichés là-dedans, rires de gorge, têtes renversées, complaisants et obscènes, nous, les traîne-sabots du zoo d'Anvers, à l'affût des animaux. Mais c'est Flor qui l'a repérée le premier : son œil télescopique de caméléon a brillé soudain. Il m'a frôlé l'épaule, désigné du menton la femme qui entrait, qui descendait les quatre marches, tandis que le perroquet du patron, de sa voix de crécelle, criait : « Bienvenue ! Bienvenue ! » Pourquoi moi ? Pourquoi Flor s'est-il adressé à moi ? Elle était superbe, brune, cambrée, les yeux sombres, la poitrine épanouie ; je ne pus m'empêcher de songer à notre Italie, à Milan, au lac Majeur, au temps à jamais envolé. Elle était seule. Elle s'est assise, d'un air d'extrême lassitude, à une table le long du mur. Elle s'est adossée, la tête renversée contre la pierre. Ses yeux se fermaient. Une fille s'est approchée pour prendre la commande. Elle a entrouvert les paupières, murmuré un mot. Un peu plus tard, elle se versait de l'absinthe goutte à goutte. Flor a failli me dire quelque chose, esquissant une grimace de perplexité. Avait-il deviné ma fièvre ? Il s'est esquivé soudain, plongeant le nez dans sa bière. La femme buvait lentement, le regard vague. Les marins poursuivaient leur tapage. Par-delà leurs silhouettes, je voyais cette scène muette, la femme aux yeux vides, dont on ne pouvait savoir si elle était ivre vivante ou ivre morte. Elle finit sa verte, posa sa joue sur son poing, demeura inerte. Combien de bouges du port avait-elle écumés ? Je trouvais étrange que malgré sa beauté, dans ce monde interlope, personne ne l'ait empoignée. Les idées se bousculaient, floues et violentes dans ma tête, des pensées de crabe, marchant de travers, difformes et affamées. Je la fixais, la contemplais, l'appelais, la conjurais : regarde-moi, regarde-moi, je t'en prie, je t'en supplie, je te l'ordonne ! Et ce fut une seconde magnétique, comme si elle m'avait entendu : espace aboli, éclair des prunelles qui se happent. Par-delà la distance, dans la foule, elle et moi, seuls, tout seuls, arrimés l'un à l'autre ! Elle s'est levée, s'est dégagée de la table à reculons, comme dans un rêve, a détourné les yeux, s'est dirigée vers la sortie. Sans un mot je l'ai suivie ; je ne me souviens ni de mon attitude ni de mes compagnons ; j'ai franchi le seuil, avec pour seules perceptions l'air marin, l'iode et la vase, les pavés luisants dans la nuit. Je l'ai suivie à distance, au long des ruelles, jusqu'à l'heure du dernier tramway. Dans le lointain des grandes artères, on entendait le tintement de la cloche, le grincement des roues sur la courbe des rails. Sous la lumière pauvre d'un réverbère, elle s'est retournée, a chancelé. J'ai couru vers elle, ses mains m'ont saisi, lourdes, impérieuses. Ce n'était pas moi qui la retenais, mais elle qui m'agrippait. J'en ai éprouvé une sorte de panique. J'aurais voulu parler... J'étais paralysé, pas un son ne sortait de ma gorge. Son visage était tout près, la ressemblance si tangible, immédiate, à portée de bouche. Elle sentait l'alcool. Elle se colla à moi, sauvage et ivre. « Viens, soufflat-elle, viens ! » Elle m'entraîna vers une maison vieille, poussa la porte cochère. Nous avons monté l'escalier en pente raide. Je la soutenais. La clé a tourné dans la serrure, grincement sur les gonds, chambre obscure, murs de pauvreté, miroir d'ombre, intimité de cette femme, lit de tempête déserté au matin. Étais-je seul à venir ? Le froid de l'abandon, de la répudiation, du plaisir assouvi, relents sauvages... Dans cet espace lunaire, la clarté du réverbère, en blême opacité, nous nous sommes déshabillés l'un l'autre, bouche à bouche, mes mains fébriles sur elle, ses mains sur moi. Je frémis encore en l'écrivant. Je sentais sa chaleur sous mes paumes, sa chaleur femelle à la pointe de mes doigts, son corps vibrait à mes caresses, son ventre a ondulé, elle m'a saisi tandis qu'à genoux je la baisais de la langue et des lèvres. Elle ouvrait ses cuisses, froissait mes cheveux, pressait mon visage contre elle, je m'engloutissais. Elle a gémi et nous avons roulé, bras et jambes emmêlés sur le lit défait. Nous étions nus et nocturnes. Je respirais tout, vorace, puis, très doucement, le sillon de ses seins, retrouvant dans l'acidité des heures les effluves bruns et solaires de l'Italie. Si loin de Hilde la blonde qui exigeait des mots, qui ne souhaitait que des pressions furtives, qui me trouvait trop franc, trop brutal. Et voilà qu'à cette inconnue je disais que je l'aimais, buvant à la fourche de ses jambes l'ardeur et la sève de la chair.

Corps inconnu, renversé, que je parcourais, que j'écartais plus encore pour pénétrer cette fleur marine. Je m'enfonçais en elle, corps inconnu et pourtant reconnu, je m'installais spasmodiquement en elle, tandis qu'elle m'enserrait de ses jambes, dans la lumière froide et hypnotique de la chambre. Sa voix, sa voix venue de loin, sa voix si semblable, c'était elle, *fratello,* mais dans un sortilège. Entre le cauchemar et le merveilleux, nous glissions l'un sur l'autre, elle soupirait, haletait, prononçait des mots étranges, émission soulevée de la parole, trop de souffle en même temps que le son, voix détimbrée à la couleur irréelle, *sforzando,* attaque, *diminuendo* mourant, violence épuisée de la gorge, et son ventre palpitant ! ô la demi-putain que j'ai couverte ! Nous étions accrochés l'un à l'autre, noyés des profondeurs, elle sentait l'océan, le sexe, le sel, ses lèvres entrouvertes appelaient le baiser, le creux de ses reins appelait la morsure. Tu ne découvriras pas la nudité de la femme trop proche, mais celle-là… Celle-là ! Je l'ai prise, je l'ai dévorée, je l'ai bue, oiseau de mer avalant d'un trait la proie ruisselante. Et je l'ai laissée, inerte, écartelée, la peau froide de sueur séchée.

Je me suis retrouvé, naufragé de la nuit, dans les rues de la ville, marchant au hasard, jusqu'aux grandes avenues. Flor, Walter et les amis sculpteurs ne m'ont jamais rien demandé. Pas un mot, pas une allusion, pas même une mimique. Mais Hilde, Hilde, sans rien savoir, après l'amour, devint plus pressante : « M'aimes-tu ? Dis, m'aimes-tu ? » C'était impossible et doux, d'une douceur mortelle. Nous restions enlacés, je me taisais, fixant les lézardes du plafond, suivant en mentale cavalcade les lignes du temps. Une image m'envahissait, captée de manière fugace, restituée en cheminement obscur : dans le port d'Anvers, juste à côté du bouge, la vitrine du tatoueur, avec ses échantillons de dessins sur peau, proclamait que l'homme gravait sans douleur. C'était spécifié en anglais, à l'encre rouge : *No pain !...* M'aimes-tu ? C'était si doux ! Je la serrais très fort sans répondre, attendant, bouleversé et impitoyable, le flétrissement de cette fleur.

Il m'est impossible aujourd'hui, *fratello,* de ne pas te raconter tout cela. Avais-je peur de toi, du temps où je vivais ? Je ne peux répondre, à cause de cette peur, justement, et de notre fraternité viscérale, mais aussi parce que, dans son vertige, cette question transcende ma mémoire et mon intelligence. A quoi bon cette lettre ? Pour te faire comprendre ? Pour te faire souffrir ? J'avoue qu'en cet instant où tout est gris et mort autour de moi, je prends un plaisir charnel à évoquer certains détails du passé : je les savoure en preuve et sursis d'existence.

Souvenir douillet des premières années flamandes, le feu ronflait dans le poêle dès l'automne... Anvers, c'était la tonalité du ciel, il faisait beau lorsque l'éther pâlissait au lever du soleil, lorsque le sol était empreint de rosée, que le vent soufflait de l'est ; mais tout s'assombrissait sur une aube trop belle, trop colorée, trop nuancée, où couraient les nuages. C'est alors qu'au vent d'ouest, vent de mer, la pluie cinglait le fleuve, alourdissait le limon de ses rives, pénétrait la ville, pleurait sur les carreaux glauques sertis de plomb, s'insinuait dans les verrières mal jointoyées des ateliers. Au rempart des Béguines, Albéric Collin et moi, nous travaillions près du poêle. Et près du poêle justement, il y avait un grand lièvre qui dormait le jour. Il était arrivé tout bébé, capturé au gîte au cours d'une chasse. Albéric l'avait pris durant trois mois comme modèle. Il le soignait, le dorlotait. Il était devenu énorme, l'animal, et il courait vite ! Il se terrait sous la banquette, sous le placard aux blouses, derrière le fatras des sculptures. Impossible de mettre la main dessus ! Et dès la nuit tombée, un bruit infernal de carottes et de feuillages croqués ! Albéric voulait lui rendre la liberté, ou en faire un civet. C'était au choix ! On l'a attrapé par surprise, on l'a engouffré dans une cage d'osier, et en route vers la campagne. Arrivés au milieu des bois, Albéric a soulevé avec solennité la trappe, ravi à l'idée de voir détaler son pensionnaire. Rien n'a bougé. « Allez, ouste, *lapinos*, file ! » Rien à faire. Il a vidé de force la cage. Le lièvre est resté par terre, en arrêt devant lui, les oreilles rabattues, le museau mobile.

– Mon pauvre vieux ! Qu'est-ce que tu veux que je fasse de toi ? Je t'aime bien, mais tu m'embarrasses, et puis tu fais trop de saletés ! Fiche le camp ! Allez ! Allez !

Il avait beau gesticuler, la bête reculait à peine. Quand Albéric, excédé, a rebroussé chemin, l'autre l'a suivi pas à pas, s'est arrêté quand il s'arrêtait, pour repartir à la même cadence. Retour à l'envoyeur, à la niche, au panier ! Lorsque je l'ai vu reprendre sa place près du poêle et s'y rendormir tranquillement, j'ai été saisi d'un fou rire jaillissant, cascadant, devant la mine déconfite d'Albéric Ier, roi des lapins, souverain au cœur tendre.

Si tu rencontres Collin, Ettore, dans un futur qui ne m'appartient plus, il te dira avec tristesse qu'il m'aimait, que j'étais son maître, ou plus exactement qu'il se sentait mon élève, que nous avions le même âge et que j'étais assez dur avec lui. C'était à peine si, de toute une journée de labeur, je prononçais deux phrases ; parfois, lorsque nous étions côte à côte, je jetais ébauchoirs, plastiline ou pains de glaise pour sortir sans un mot ; et ce n'était pas un effet d'humeur : je souffre de ce caractère qui me saisit et m'angoisse ; dans ces instants-là, les visages amis deviennent de cendre. Il te dira aussi que je restais immobile à le regarder, que j'appréciais son ouvrage brièvement, sans vains détails, sans me gêner pour cerner la vérité, quelle qu'elle fût. En ce sens, sans doute pouvait-il me juger dur. Enfin, il te dira que j'étais neurasthénique à l'excès, et il n'aura ni tort ni raison : je ne le suis devenu qu'au fil du temps. Quand il me voyait plonger dans ce qu'il appelait mes idées noires, il s'ingéniait à me remonter le moral et il y réussissait, l'ami Albéric ! Belle mine, belle santé, optimisme à tout crin et tant de bonté. Quand je faisais des remarques sur son art – attention, ne sois pas théorique, ne reste pas froid, ne crains ni le mouvement ni la chair –, il affilait son nez, se mettait en posture d'écoute, cou en avant, œil rétréci, respiration concentrée, oreille buveuse de paroles, puis hochait la tête, contemplant la terre, et, quand j'avais fini mon propos, fredonnait : « Au travail ! au travail ! au travail ! » Alors il ne me restait plus qu'à rire, à donner un coup de pouce de-ci, de-là ; ses yeux souriaient, et nous allions frapper à la porte d'Oscar Jespers pour finir la soirée dehors.

… Neurasthénique ! On a si souvent prononcé le mot devant moi, avec tant d'amitié, d'encouragement mêlé de reproches, sur tous les modes, affligé, souriant, entraînant, volontaire, agacé ou bourru, que j'en répète les syllabes, jusqu'à complète évanescence. Finalement, je n'y trouve ni plus ni moins de cohérence qu'à l'énoncé de mon propre nom… Je ne sais plus qui disait ne pas décrire l'être, mais seulement le passage. Neurasthénique ? Suis-je né ainsi, avec dans ma cervelle ce grain minuscule, qui s'est mis à grossir, comme une tumeur chargée de fièvre ? Est-ce un vice ? Une complaisance à soi-même ? Bien sûr, je suis neurasthénique, *fratello*, mais sans oublier les moments où le cœur a cogné de joie, où le rire a surgi du ventre ; ces moments, je les ai vécus avec toi, en dérapant pleins gaz sur tes châssis dans les allées du château de Sparre, à la frayeur de Dubois, des daims et des écureuils. Neurasthénique, oui, je le suis, et même tant qu'on voudra, mais après avoir commis les indispensables blagues de rapin : accrocher une paire de fesses en papier de soie rose aux fenêtres d'un couvent – « oui, ma mère, je m'accuse ! » Comme je m'accuse d'avoir, avec mes compagnons, peinturluré en zèbre l'âne du bougnat qui livrait le charbon au rempart : une ligne blanche, une ligne noire, le museau rouge, et la queue verte ! Je suis coupable aussi d'avoir soudoyé un gardien du palais des éléphants pour qu'il gare son tombereau de purin à l'endroit où un vieux maître de l'Académie royale avait choisi de s'installer. Quoi d'autre, encore ? Ah oui ! Tricher aux dominos en maquillant les doubles six à la plastiline, et empester les clients des pâtisseries chic en posant un tisonnier rougi, sorti du poêle, sur le bois mouillé de nos sabots ! Nos *sabots-de-zoo* pataugeant dans la boue de l'hiver ! Nous revenions sur le pavé de la ville en traînant la galoche. Kôren, à Paris, me disait que ça faisait le même bruit que les *getas* des geishas de Kyoto. Avons-nous assez ri dans notre jeunesse ! Et le dis-je de façon assez sinistre pour qu'en hochant la tête, le jour venu, tu plaides de bonne foi le délabrement de mon état mental ?

Tous ces souvenirs qui remontent en nausée sucrée et acide... La douleur, lorsque j'étais enfant, me jaillissait dans le nez, dans les sinus, en faisceau d'aiguilles, à l'instant du vomissement. Avec le temps, on apprend à diriger le spasme, on *dégueule*, comme disent les Français, et, le flux épuisé, on se rince la bouche. 1910, je m'asphyxiais lentement. C'était une agonie issue de mon propre travail. J'en avais plein le dos d'engraisser des gens à Paris, indifférents à mes efforts. Les figurines chères à Hébrard me harassaient, mais il ne voulait rien savoir : « Ça se vend bien, mon petit Rembrandt, il faut continuer ! » Et moi je me butais : « Plus grand, plus grand, monsieur Adrien ! » Alors il levait les mains en signe d'impuissance. Nous étions fin janvier, dans sa galerie de la rue Royale. Une pluie incessante brouillait le jour. Une pluie torrentielle, angoissante, signe avant-coureur de catastrophe. Je suis sorti de ce début de querelle, la tête vide. J'ai retrouvé la place de la Concorde, traversé le pont qui mène au Palais-Bourbon. J'ai déambulé, traîné dans Paris, semelles trempées, épaules rentrées, poings dans les poches, à attendre sans perspective. Attendre quoi ? L'investissement d'Hébrard qui ne viendrait jamais ? Les jours ont passé. Les eaux troubles de la Seine montaient, elles faisaient le gros dos, pesaient aux piliers des ponts, gagnaient la courbe des claveaux, s'épandaient aux marches des berges. Une semaine plus tard les bassins de retenue débordaient, les échelles d'étiage étaient noyées, le zouave de l'Alma englouti, les amarres des bateaux rompues, c'était l'inondation. J'aurais dû rentrer à Anvers, mais je suis resté, fasciné. Les corbeaux maraudaient dans le ciel zébré d'orages, cris aigres sous couvercle gris, temps étrange, temps d'urgence... Les eaux enflaient toujours. Notre-Dame, cernée, semblait en perdition. Le quartier Maubert, avec ses ruelles étroites, s'était mué en cité lacustre : on circulait en barque ; les égouts crevés bouillonnaient aux larmiers des fenêtres ; les maisons se lézardaient, s'écroulaient – on pleurait, on criait, on cherchait les disparus. La gare d'Orsay, béante, n'était plus qu'une immense cuve. De l'autre côté du fleuve, s'enfonçant dans la ville, les pompes à vapeur répandaient leur brume sur Saint-Lazare et la Chaussée-d'Antin. L'armée en pantalon garance, points rouges dans le brouillard, dressait les passerelles : les femmes et les enfants d'abord ! Et puis en amont des secours, dans la plus grande largeur des eaux, cette vision inoubliable : l'ours blanc du Jardin des Plantes, cramponné au sommet d'un arbre nu, regardant, effaré, les courants boueux qui tourbillonnaient sous lui !

Rien ne fut plus beau que l'arc-en-ciel surgissant au dernier matin du déluge : on savoura enfin, avec soulagement, la mortelle splendeur du spectacle. La rue Jeanne-d'Arc, en semi-altitude, avait échappé au désastre. Posté en vigie sur le balcon, à l'étrave de la maison, Papa ressemblait à un amiral à barbe grise. Maman, derrière ses murs glacés, toussait plus que jamais. Elle faisait pousser le feu dans les cheminées qui refoulaient une fumée âcre ; elle buvait à longueur de journée du thé bouillant, et je me demandais comment elle pouvait supporter une telle brûlure. Ses bronches étaient prises, ça n'en finirait pas. Il fallait quitter Paris, déménager. Avec quelques-uns de ses collègues, le docteur Bruyère en confirmait l'urgence. Il y avait à Pierrefonds, disait-il, en lisière de forêt de Compiègne, à l'aplomb d'un château médiéval, des eaux qui lui feraient du bien. De quoi s'agissait-il ? D'un lac sulfureux ? D'une rivière chargée de sels ? « Juste ce qu'il faut pour que ta mère se porte mieux », m'a répondu Papa avec une pointe d'énervement. Tout ça fleurait soudain le bois des cimetières, la retraite des ébénistes et des vieux Léonard – « le vieux » ! n'est-ce pas ainsi que nous l'appelions depuis déjà longtemps ? Une partie de ma vie et de mes espérances s'achevait avec la crue du fleuve.

Le lendemain, Papa a tenu à m'accompagner à la gare du Nord. Nous avons longé le train en partance pour Anvers. Quelques mots d'au revoir, puis il m'a serré dans ses bras. Rien de plus banal, n'est-ce pas ? Mes pensées, *fratello*, étaient encore celles d'un homme qui va vivre longtemps car j'avais mal au cœur en songeant que nos parents allaient s'installer en un lieu où se situerait, de façon quasi inéluctable, leur dernière demeure – tu peux en sourire aujourd'hui, il n'y a pas d'offense. Toi, tu étais retourné en Alsace, tu avais construit ta maison à Molsheim, tout près de tes ateliers. Tout allait bien et dans le brouillard de nos destins, c'était un point de lumière. J'ai fait un dernier signe à Papa. J'ai grimpé les marches du wagon. Je me suis installé. Hélas ! Les fenêtres du compartiment donnaient de l'autre côté de la voie.

… « Plus grand, monsieur Adrien, plus grand ! » Les mots roulaient dans ma tête, tandis que défilait un morne paysage. « Plus grand ! Plus grand ! » Ils tournoyaient, obsédants, suintant le dépit, l'orgueil, et finalement la rage. Je suis rentré à Anvers sans voir passer les heures. Je m'y suis retrouvé, voilà tout, la nuit était tombée. J'ai franchi le portail du rempart, j'ai contemplé mon atelier, trop vaste pour ce que je sculptais. Il faisait si sombre… Dupon, prévenu de mon retour, frappait à la porte, et ramenait mon chien que j'avais laissé chez lui. J'ai ravivé la lampe. Je lui ai servi du grenache que Papa avait glissé dans mon sac. Nous avons bu la bouteille entière et parlé longtemps. Il m'a averti : « Ne te mets pas en bisbille avec Hébrard. Gaffe à l'argent ! Et dis-toi bien que, dans ce genre d'affaires, c'est toi qui auras toujours tort. » Il a gratté la tête du basset posée sur ses genoux. Worst aimait ça. Il me regardait de biais, avec le blanc de l'œil visible. Josué me conseillait, argumentait, et grommelait : « Le plus exaspérant dans ce métier est encore de devoir vivre. » Il a formulé ça en soulevant une fesse, puis l'autre, pour fouiller ses poches d'où il a extrait des morceaux de biscuits pour Worst. Enfin, agacé par mon air buté, il a conclu : « Quand tu crèveras, ne t'inquiète pas, je garderai ton chien ! » D'ailleurs, Worst me faisait la gueule. J'étais resté trop longtemps absent. Étrange, non ? Un chien avec des rancunes de chat !

Dans les ombres portées de la lampe, le rempart des Béguines semblait un zoo pétrifié. J'avais sous les yeux, en perspective, ma production des derniers mois : *La Grande Cigogne ; Le Lion couché ; L'Éléphant blanc ; Le Zèbre et l'Antilope de Grant ; Les Deux Ânes*... Plus loin, dans une semi-obscurité, il y avait *Le Grand Fourmilier* que cet escroc d'Apollinaire, avant-gardiste avec les siens mais rétrograde avec les autres, allait condamner comme « factice » et « sans profil ». Il en eut une éructation d'aigreur, le gros poète, en découvrant cette sculpture géométrique et cinétique, en marge du cubisme puisque toujours ancrée dans la vie, et par là même échappant aux théories. Horreur et putréfaction ! Inadmissible ! Hérétique ! Au feu ! A détruire absolument, au moins par les mots ! Avant même que ce jugement n'eût été formulé, d'instinct, Worst a été d'accord. Il a fait le tour de la bête, l'a flairée et, sans en déterminer la queue ni la tête, a pissé dessus ! J'ai été tenté de lui botter le train. Je ne l'ai pas fait. C'est heureux. Mais pour Apollinaire, franchement, je regrette. Je me suis mis au lit. Il est des jours, comme ça, qui n'ont d'autre fonction que de précéder leur lendemain.

Tout se métamorphosait. Le monde chavirait sous mes pieds avec la lenteur effrayante d'une barque prenant l'eau par une longue gerce. L'année s'est aggravée avec la mort soudaine de Dubois, et chaque mois passé m'a fait ressentir le vertige de son absence. Je me souviens de mes lettres envoyées à Sparre. J'écrivais comme un enfant : *Cher monsieur Dubois...* et je me justifiais : « J'ai oublié de vous dire que l'argent que je vous ai demandé est pour la réalisation de mes plâtres... Je ne voudrais pas que mon père adoptif croie que je ne travaille pas. » C'était plus fort que moi, ce mélange de reconnaissance et de honte – à moins que ce ne soit la véritable expression de mon être. Je n'ai jamais éprouvé de sérénité à recevoir de l'argent de quiconque, sauf à le transformer en sculptures pour Hébrard qui, lui, s'en remettait à Dubois. Tu vois le cercle infernal. Mes finances se sont évaporées à petits bouillons. J'ai dû régler mes moulages moi-même, acheter ma plastiline qui n'arrivait d'Italie qu'au prix fort. Aux termes de notre contrat d'exclusivité, Hébrard me payait au forfait, sans royalties sur les bronzes. Si un modèle lui plaisait, il le prenait. S'il le refusait, j'en étais quitte pour mon travail, mon temps perdu, et la mélancolie d'un cimetière d'atelier où s'entassent les cadavres. Je pouvais avoir mes fontes à prix coûtant, au cas où je voulais offrir un cadeau. C'est une pratique grâce à laquelle certains artistes font de la gratte, ils remboursent le fondeur, attendent un certain temps, puis revendent à un amateur, mais ces petites roueries gâtent le métier. A Hébrard, donc, la gestion et le bénéfice des tirages. Et je savais que mes œuvres allaient chez les Florio à Palerme, chez

Vanderbildt et Tiffany aux États-Unis, chez Witcombe en Amérique du Sud et, à Paris, chez Zoubaloff, David Weill, les Rothschild, ou le prince de Wagram, mais cela ne me rapportait rien. Il fallait créer sans cesse, plaire, et attendre les chèques à la signature, avec la paralysie des parapheurs, les délais de poste, toutes ces finasseries qui permettent au patron de faire travailler l'argent sur le dos de l'ouvrier. Je restais dans une sorte d'ambiguïté fondamentale où notre vieux, par exemple, n'aurait pu jouer aucun rôle. Alors devine ce que j'ai fait. J'ai agi comme certaines femmes dont les maris rapportent de moins en moins d'argent au ménage : pour compenser l'angoisse, j'ai dépensé trois fois plus ! J'ai vécu sans cesse en mouvement, comme un émigrant, poussant les jours, passant d'Anvers à Pierrefonds, mais sans chercher refuge dans la maison nichée à flanc de colline. Je repartais aussitôt vers Paris et rejoignais Troubetzkoy, l'ami de toujours, avec la princesse Ellin, la Suédoise au teint d'albâtre. Paolo avait loué une villa rue Weber, près de la porte Maillot. Il occupait aussi un local rue de Magdebourg qu'il avait mis à ma disposition, car il s'était fait construire un atelier dans son jardin, où dormait son loup ramené de Sibérie. C'était un bel animal efflanqué qu'il avait teint en noir, comme un brave chien bâtard, pour lui faire traverser les frontières. Après un bain énergique, le loup avait repris sa couleur naturelle, et remportait un franc succès en allant boire l'eau du lac du bois de Boulogne ! Le seul regret de son maître était qu'il fût carnassier. « Tu manges de la viande, toi aussi, Rembrandt ? me disait-il avec dégoût. Va, tu n'es qu'un cimetière ambulant ! » Cher Paolo ! Et pauvre loup à la diète ! C'étaient des heures qui échappaient au temps ordinaire, Paolo croquait ses céréales et ses cacahuètes, ses émincés de chicons et ses tartes aux poireaux, en songeant que nul n'est parfait en ce monde, et que les pays, quels qu'ils fussent ne méritaient pas qu'on y séjournât trop longtemps. Il recommençait à avoir la bougeotte, il lorgnait de plus en plus vers New York, le jour viendrait où il s'expatrierait à nouveau. Dès lors, fini, la rue de Magdebourg ! Mais j'en ai bien profité. J'y ai modelé Mlle Decori, *La Femme au turban,* pour le plaisir de l'avoir à moi seul, et tout entière, cette beauté que les journaux mondains célébraient pour sa délicatesse et son maintien nonchalant. Notre première rencontre fut assez séduisante : elle avait frappé à ma porte en croyant trouver le grand Troubetzkoy ! J'ai prolongé ce bonheur avec *La Femme en robe*... A Anvers, en revanche, je travaillais plus en recherche. Cela donnait des œuvres aussi diverses que *L'Hamadryas, Les Trois Antilopes dont l'une, la mère, est blessée,* ou *La Panthère à l'affût* qu'André Salmon a vraiment bien aimée, en la qualifiant d'œuvre cubo-réaliste... Et puis je reprenais le train pour Paris... Drôle de vie de guingois ! Comme lorsque je sortais de l'école avec Papa qui me parlait de mon avenir, tandis que je marchais un pied sur le trottoir et l'autre dans le caniveau. Est-on jamais en avance ou en retard sur son destin ?

Au printemps 1911, j'avais vingt-six ans. Hébrard préparait une grande rétrospective de mes œuvres. Quand je passais la porte de sa galerie, il m'accueillait à bras ouverts, tandis que Mme Serrières, la directrice, se raidissait un peu, comme si elle craignait de ma part une quelconque réclamation. J'en aurais été incapable, à l'époque. Hébrard pinçait le revers de ma veste, en caressait la boutonnière, enchanté à l'idée de me remettre la Légion d'honneur qu'il avait demandée pour moi à Dujardin-Beaumetz, le sous-secrétaire d'État aux Beaux-Arts. J'allais faire partie des « artistes italiens accueillis, choyés et honorés par la France, mère des arts, des armes et des lois » ! Tu te rappelles ? Tu étais là, rue Royale, lorsqu'il a prononcé ce petit discours. C'était le 22 mars, au milieu de mes bronzes. Dujardin-Beaumetz, venu en ami, m'a donné l'accolade en me plaquant contre son gros ventre. Sa barbiche, ses moustaches de père noble m'ont chatouillé les joues, et ce fut un instant de bonheur intense où je me suis senti reconnu et adopté par une nation entière. Il fleurait le tabac et la lavande Yardley, notre ministre. J'en ai éprouvé une bouffée d'amour, je n'ai pas peur du mot, embrassé que j'étais par un pays, un peuple, une culture, qui s'incarnaient en un seul homme. Et puis je me suis tourné vers Hébrard avec une gratitude qu'il a su mettre à profit. La vie de guingois, te dis-je !

J'étais là, dans l'atmosphère bruissante des vernissages, ému et rougissant comme au jour de ma première rencontre avec Hébrard, et c'était mon cœur, sous la décoration épinglée, qui battait la breloque ! Je rêvais de remercier la France en lui offrant une œuvre prométhéenne. J'en avais dessiné le projet : sur un pont parisien, telle une figure de proue, un Titan dominerait le fleuve. La sculpture, je la possédais déjà, c'était mon lutteur olympique, *Le Colosse,* qui atteignait presque trois mètres. Il était resté à l'état de plâtre et Palazzolo en avait apprécié la masse avec une gourmandise de fondeur. Plus grand, monsieur Adrien ! Plus grand ! J'étais prêt à céder mes droits pour que l'État puisse l'avoir à moindre prix. Nous en avons parlé. Hébrard a tranché. Pas question. Pourquoi ? « Vous savez bien, Rembrandt, que votre *Colosse* a dérangé la critique. Elle l'a adoré en même temps qu'elle l'a rejeté. On ne peut pas proposer une œuvre aussi contestée à l'État. Il n'en voudra pas, c'est évident ! » Voilà. C'était ce goût-là, celui du minuscule, du carlin de manchon, qui avait fait jadis préférer le *Balzac* de Marquet de Vasselot à celui de Rodin. Un goût précautionneux, pudibond, qui n'accepte pour ample que le grossissement de l'infime. Mirbeau l'avait estoqué dans l'une de ses chroniques : « Il n'est pas possible, avait-il écrit, que même le plus dénué de sensations d'art n'ait pas été pris d'un fou rire formidable devant ce sphinx accroupi, ce sphinx géant, auquel M. Marquet de Vasselot, voulant donner des proportions colossales, n'a pas pu donner d'autre impression que cette chose énorme fût à peine une écritoire ou un presse-papier ; car rien n'est plus petit, rien n'est plus rien que l'énorme, raté. » La suite est facile à déduire : rien n'est plus dérangeant que l'énorme, réussi.

On dit de ces œuvres-là qu'elles se bloquent trop. Allons donc ! On qualifia mon athlète de « nègre blanc » pour constater avec dégoût qu'il échappait aux bonnes mœurs, pour en stigmatiser la puissance, en dénoncer le syncrétisme, l'exaltation, et rejeter ce qu'il avait peut-être de prémonitoire. On tourna autour avec fascination, comme s'il était obscène. « Quel choc en le voyant, et quelle rage ! » observa une grande plume du journalisme. Hébrard s'en prévalut devant Palazzolo et moi : « Soyez réalistes, jeunes gens ! S'il offusque le public et que je ne puis le proposer à l'État, comment voulez-vous qu'un particulier me l'achète ? » Mais n'importe ! Que les gueules édentées de la critique jappent à l'ordure, que les chiens couchants des galeries la trempent de leur bave, que les gens mêmes s'y cognent à des raisons de renauder, ce sont là des détails. Quand on lui refuserait tout talent, tout équilibre ; quand on s'épouvanterait des dimensions de son impudeur, de l'arrogance de sa pose ; quand on le haïrait – lui, l'homme issu de la glaise – comme il est assuré d'être haï, passionnément, il est une chose que nul ne lui déniera : la force. Je n'ai donc rien abdiqué de ce projet, sauf à me retrouver dans la peau du dément qui cracherait à l'adresse de sa propre vision qu'elle est trop humaine. J'ai proposé l'affaire à Valsuani. Il avait quitté Hébrard depuis deux ans, sa fonderie tournait bien, mais il n'avait pas les reins assez solides. « Laisse-moi un peu de temps, m'a-t-il dit, et je te promets que, sur des pièces plus modestes, je te ferai crédit. » J'ai gardé en mémoire cette proposition fraternelle. En attendant, j'ai poursuivi mes portraits parisiens. Mon *Boni de Castellane* en habit de chasse à courre, tête nue, poitrine au vent, bombe et cravache à la main, sujet de soixante centimètres, avec pour destination le grand salon du palais Rose, n'avait vraiment pas de quoi effaroucher la critique. Les mois passaient. Je retournai dans les Flandres. Hébrard était tout excité à l'idée d'une fonte en argent de mes échassiers jabirus, mâle et femelle, et de mes flamants roses, l'un marchant, l'autre, le cou tendu. Tirages uniques, en plus des bronzes, donc garantie d'excellence pour la perpétuation de mon œuvre, mais pas un sou pour moi, forfait oblige. Trente-quatre à trente-cinq centimètres chacun. Plus petit, monsieur Adrien, plus petit ! Et plus riche !

Trois ans de migration, pour revenir échouer sur les berges de l'Escaut. L'inquiétude a fait place à la gêne. Ça y était. J'abordais cette région froide et grise qui conduisait de la pauvreté à la misère. Le père Kaas, l'un des plus minables brocanteurs d'Anvers, me disait : « L'argent, c'est le sang du monde ! » et ce n'était pas un propos caricatural comme certains s'en délectent venant d'un juif, mais une vérité foudroyante. Malheureusement, Dieu donne l'appétit aux uns, et la nourriture aux autres. Voilà où j'en étais, et je pensais souvent à vous, comme on se chauffe au soleil. Je n'ai pu y tenir, je suis venu vous voir.

A Molsheim, tes ateliers grandissaient, tes enfants aussi, et la naissance de ton fils Jean assurait désormais la pérennité de ton nom. Tu t'étais allié à Peugeot, tu concevais de nouveaux modèles pour lui, rapides et maniables, tu courais sur les circuits internationaux, tu disais qu'un jour tu te ferais construire un château ! Barbara te voyait, tôt matin, coiffé de ton chapeau tyrolien, en costume de cheval et accompagné de tes chiens, enfourcher l'un de tes pur-sang pour la promenade, ou dresser à la longe tes poneys dans la cour, à la grande joie de la marmaille. Tu prospérais, prenais du poids, inspectais ta propriété, ton écurie, ton usine, comme tes moteurs, avec les mains gantées – et ton caissier, le gentil M. Pracht, m'a compté à mains nues une aide provenant de ta cassette personnelle : mille francs pour mon bronze aux trois biches qui m'avait coûté trois mois de travail plus huit cents francs de fonte à Hébrard. Tes Bébé-Peugeot se vendaient comme des petits pains, et j'en étais heureux. Mais à l'instant de repartir, en vous embrassant, j'ai senti qu'allait commencer l'absolue solitude. Celle où le moindre bruit te fait tressaillir d'espoir, puis sangloter dans la nuit. Des sanglots secs et rauques, qui emplissent le silence et n'arrangent rien. Au fil des mois, aucune nouvelle de vous. Je t'adressais des cartes postales avec les pauvres mots de tous les jours : « Écris-moi donc de temps en temps. Vous n'êtes pas gentils, vous me laissez bien seul. Comment vont les mioches ? J'aimerais tant vous voir l'été prochain, si ta femme le permet… »

Un détail me hante : à Molsheim, quand tu te détournais d'un moteur après l'avoir contrôlé, tes gants n'étaient jamais souillés, ce dont tes ouvriers n'étaient pas peu fiers. C'est ainsi que j'ai pris l'habitude de te remercier pour l'argent que tu m'envoyais. Je te remerciais infiniment, comme l'homme qui se noie, à qui on insuffle une goulée d'air. A l'hiver 1913, je n'avais plus rien. Rien ! Se regarder, faire ses poches, et n'y puiser que l'angoisse. J'ai pensé à l'Escaut, à ses eaux limoneuses, au reflux de la mer. J'ai pensé à ce que ça pouvait être : la fulgurance du froid, le souffle coupé, les yeux brûlés par le sel, la bouche et les bronches envahies, les vêtements plaqués, les chaussures lourdes, l'horreur des profondeurs. Mais ce n'était qu'un rêve, qu'une délectation amère, car je n'avais pas encore désarmé. Ce jour-là, il pleuvait à verse, j'étais à mon atelier depuis le matin, à cheval sur le poêle : j'avais attrapé un commencement de pleurésie. Je ne pouvais pas respirer à fond. Mon cylindre cognait, ça me faisait très mal aux côtes. Malade, je l'étais, mais ma liberté me soulageait, ou du moins je m'en persuadais. Et je voulais surtout que tu ne dises rien au vieux… Ton mandat est arrivé juste, juste ! Aussitôt reçue ta galette, je suis allé acheter des tricots chauds ; j'ai bouffé au restaurant, ça m'a fortifié, et j'ai bu à vous tous ! Je reprenais vie pour quelques semaines… L'année est comme le mois, se passe ; le mois comme les jours ; les jours comme les heures qui se suivent, monotones, sans joie ni plaisir. J'avais encore des moments de bonheur en croyant réussir une œuvre qu'aucun sculpteur animalier ancien ou moderne n'avait réalisée – mais j'étais considéré à Anvers comme un enfant, parce que je ne pouvais pas parler. Que savaient-ils de moi, tous ces gens qui me jugeaient ? Aurais-je été méchant, que je leur aurais bouché leur four ! Et puis non, je m'en foutais ! Même si j'avais réussi à m'exprimer en flamand, je n'en aurais pas dit plus. Sans doute était-ce une erreur, car le mutisme engendre l'hostilité. Je me sentais étreint par une sorte d'épuisement, aggravé par la peur que j'éprouvais de m'éloigner de mon travail car, pour échapper à l'ornière du banal, il fallait que la besogne fût suivie comme un chapelet. Ainsi, j'étais dans un désert de solitude parmi des sauvages, songeant que la sculpture est comme une femme : on y trouve chaque jour quelque chose, on s'acharne dessus pour découvrir davantage, et à la fin on est étonné de n'avoir rien obtenu. Étrange vie où, tel un échassier, un vieux marabout posé sur une patte, je regardais autour de moi en me demandant où je pourrais demeurer. Je te l'ai écrit quelquefois, certes pas avec l'idée de t'exploiter, mais dans des moments de découragement. Te rends-tu compte de ce que nous aurions pu faire ensemble si tu y avais consenti ? Avant de tomber dans la dèche complète, j'avais en tête un grand projet, une série de bronzes constituant l'Arche de Noé, mais dont l'ampleur effarouchait Hébrard. Il restait ambigu, comme si, sur ce projet que je défendais avec âpreté, il allait me laisser ma liberté. As-tu oublié la lettre que je t'ai envoyée, à laquelle tu n'as jamais répondu, et dont le souvenir reste en moi comme une flèche en plein cœur ? Je te demandais de me donner les moyens de travailler. Valsuani était d'accord pour la fonte. Je l'aurais payé à crédit, et je t'aurais plus que largement remboursé en t'intéressant à la vente, laquelle aurait rapporté trois cent mille francs en trois ans. Vingt mille francs de mise suffisaient. Tu les aurais déposés aux bons soins du consul général de France à Anvers, François Crozier, qui ne m'aurait pas versé un sou de plus qu'il n'aurait fallu. Tu aurais pu, toi qui avais prêté de l'argent à des gens beaucoup moins fiables que moi ; tu savais qu'ils ne te le rendraient jamais, et tu ne t'en préoccupais guère ! Moi, je t'offrais une garantie : mon travail et ma réputation. Je te mettais le marché en main : une exclusivité à faire pâlir un marchand d'art ! Pas un mot à quiconque, cela devait rester en famille. Je te l'ai proposé sérieusement, je t'ai demandé de bien y penser et de m'écrire. J'ai attendu. Mais nous ne sommes restés, toi et moi, que dans les termes de l'aumône. Pourquoi, *fratello*, faut-il que je sois toujours à la recherche d'un père ? Le nôtre ne fait qu'assouvir ses rêves, et quel éblouissement ! Il mérite une tendresse flamboyante, légère, la seule qu'il soit capable de supporter, sans souci, entre deux projets, deux ciselures, deux laques étranges, et l'amertume de sa femme. Dubois fut un père nourricier, généreux, magnifique. Hébrard a « fait » mon nom et ma réputation, c'est vrai, je les lui dois ! Mais sa bourse est aussi sèche que les mamelles d'une chèvre du désert. C'est un homme affamé, insatiable. Quand nous évoquions Valsuani, Crozier me disait : « Vous avez raison. Défaites-vous d'Hébrard, libérez-vous de sa tutelle ! Voyez avec votre frère, quant à moi je vous aiderai… » Et voilà.

La vie d'Anvers au début m'a diverti, ensuitc elle m'a écœuré. Sept ans dans une chambre à quarante francs par mois – quand le plus pauvre des légionnaires disposait d'au moins trente mille francs de rente annuelle ! –, des repas de pension, seulement lorsque je pouvais payer, Worst le plus souvent chez Josué – car elle est terrible, la faillite de l'homme incapable de nourrir son chien –, cent francs à te quémander quand je n'en pouvais plus, l'humiliation de la lettre, et l'abjection d'avoir encore faim, le regard du taulier sur ta bouche lorsque tu manges, sur tes mains fouillant ton porte-monnaie avec la frayeur du compte exact… Hilde avait un fiancé. Un vrai ! Elle m'évitait. Je l'évitais aussi, et cela faisait belle lurette que sa mère ne lui donnait plus de lait pour moi. Pendant plusieurs semaines, presque chaque nuit, j'ai rêvé à Kathleen, ma belle Anglaise. Elle m'avait écrit. Elle était seule avec son petit garçon, à Londres ; elle était veuve, son mari avait disparu dans des circonstances tragiques, perdu dans les glaces de l'océan Antarctique. Il était de l'étoffe des héros, chef d'expédition et grand capitaine, battu de vitesse par Amundsen à la conquête du Pôle, il était mort sur le chemin du retour. Kathleen, la passionnée, au destin de lady, venait troubler mon sommeil ; Kathleen qui poursuivait une carrière de superbe sculpteur ; Kathleen qui, en cet instant de mélancolie et de recueillement, m'adressait son tendre et lointain souvenir. Et je me sentais si petit, si petit dans ma misère flamande, sans autre horizon que ma création, la limitation de mon être, face à l'immensité de certains destins. Au sortir de ces rêves se levaient les matins blêmes. A cause du froid je ne pouvais séjourner plus d'une heure au rempart. Le poêle restait éteint de plus en plus longtemps, avec son odeur acide, et partout, partout, la puanteur gluante du moisi. Où aller ? Mon souhait le plus cher comme le plus modeste était d'avoir un endroit où je me reposerais, un atelier dans lequel je travaillerais et *vivrais*. Un lieu où je ferais enfin venir mes affaires de France – pour cela, tu sais ce qu'il faut quand on n'a rien. Alors mon seul vrai bonheur se concentrait sur les visites à M. et Mme Crozier, rue Edelinck – chocolat viennois et meringues –, qui me recevaient avec une chaude amitié. Enfin, comme toujours, lorsqu'il faisait beau, il y avait le jardin zoologique.

Le jardin, ce refuge fleuri et regorgeant de vie où devait s'accomplir un jour un abominable massacre... C'est là, dans les allées longeant les cages, que j'ai fait la connaissance d'un petit bonhomme en culottes courtes, au corps grassouillet, aux yeux brillants, aux cheveux dressés en houppette, un gosse déluré – un « *gooss* », comme on disait en traînant sur le mot. C'était Jaap Kaas, le fils du misérable brocanteur. Il était né à Amsterdam, sur le quai Zwanenburg, pour arriver tout bébé à Anvers, dans le chariot familial rempli de meubles et de matelas. Son père avait été jadis diamantaire – tant que ses yeux avaient été bons – puis avait travaillé dans le commerce des vieux métaux. Il n'avait pas gagné au change, car s'intituler « négociant » ne remplissait pas pour autant ses caisses. Quelques années plus tard il décidait de changer de situation, mais ses affaires continuèrent à se dégrader. Il avait tout fait, le brave Marcus ! Désormais, pour nourrir sa femme et ses trois enfants, il s'essayait à ce qu'il appelait pompeusement « les antiquités ». Avec Jaap, il partait au long des routes. Mme Kaas voyait l'attelage s'éloigner à vide, entendait le bruit creux sur les pavés et se demandait avec irritation quelles saletés ces deux-là allaient encore lui rapporter. Au fil des ans, Marcus avait croqué tout l'avoir familial – le sien d'abord, puis celui de sa femme –, et le ménage vivait dans l'aigreur. L'atmosphère était si tendue que Jaap prenait la tangente, passant le plus clair de son temps au zoo. Il plantait sa sellette d'enfant sculpteur pour travailler près du temple égyptien, près de la galerie des carnassiers, ou des terrasses des moutons et des chèvres – Josué l'avait remarqué, il l'avait même fait entrer à l'Académie royale des beaux-arts. Et moi, j'étais son ami, sa conquête presque, tant il avait d'aplomb, sinon d'arrogance ! Certains soirs de shabbat – moment de trêve familiale – il m'invitait chez lui et, à la lueur du chandelier allumé à l'avance, pourvu que cela n'offensât pas Dieu, il racontait des histoires d'animaux. Ce qui le fascinait, c'étaient « les squelettes », oui, les squelettes ! A l'époque où je m'intéressais, moi, à la stylisation des formes. Il n'était pas banal, le petit bonhomme ! Son père était peut-être jaloux de l'affection que lui portaient les artistes et les gardiens du zoo, en tout cas il ne le montrait pas, et ouvrait sa porte de bon cœur. Je me souviens d'une soirée chez eux, à la Sterlingerstraat, à l'issue d'un de ces jours qu'on met un temps infini à gravir.

… Tout avait bien commencé, pourtant. Le soleil était clair, l'air était léger. J'avais passé la matinée devant l'enclos des équidés, obsédé par un bas-relief assyrien dont je conservais l'image dans mon atelier. Je travaillais avec entrain. Un peu plus loin, Dupon montait une armature, Jouve peignait une gouache. L'ambiance était à l'allégresse. Je savais exactement ce que je voulais, au regard du bas-relief antique. Je voulais la quintessence des formes, en jouant sur les lumières induites par la trace de mes doigts. Lignes, éclats, fractures et miroitements, j'exigeais cela, la vie épurée, quasi abstraite, mais présente – l'essence et le souffle. J'avais lu quelques lignes d'un poète : *« Ton accent est plus doux que ta voix ; ton sourire plus joli que ta bouche, et ton regard plus beau que tes yeux ; la lumière efface le flambeau… »*

C'était ce que j'obtenais, avec une finesse méticuleuse, à l'achèvement d'un modelage représentant un jeune zèbre debout. J'entendais en même temps, présente à mon oreille, la voix basse de Rodin, les révélations de jadis, jamais oubliées. L'artiste *voit*, m'avait-il expliqué en substance, car son œil est enté sur son cœur. Quand tu sculptes, Bugatti, ne contemple jamais les formes en étendue, mais toujours en profondeur. Ne considère jamais une surface autrement que comme l'extrémité d'un volume, comme la pointe plus ou moins large qu'il dirige vers toi. C'est ainsi que tu acquerras la science du modelé. Au lieu d'imaginer les différentes parties d'un corps comme des étendues plus ou moins planes, représente-les-toi comme des saillies des volumes intérieurs. Efforce-toi de faire sentir dans chaque renflement l'affleurement d'un muscle ou d'un os qui se développe sous la peau, dans un mouvement qui ne sera que la transition d'une attitude à une autre. Et ainsi la vérité de tes figures, au lieu d'être superficielle, semblera s'épanouir, du dedans au dehors, comme la vie même. Souviens-toi de ce que je te dis. J'ai découvert que les Anciens pratiquaient cette technique ; et c'est certainement à elle que leurs œuvres doivent leur vigueur et leur souplesse frémissante.

Or voilà que j'allais plus loin encore, alliant au modelé la stylisation. La structure tranchait, mouvante et hiératique, la lumière et l'ombre éclataient sur la plastiline que je modelais, cette fois, tout en lenteur. J'étais heureux, et même fier. Hélas ! En déplaçant d'un mouvement sec la sellette qui accrochait au sol, je n'ai pas pris garde à son ballant. Elle m'a échappé, a basculé lourdement, s'est écrasée dans le gravier avec un bruit mou de matière talée. Josué a gueulé : « Nom de Dieu ! » J'ai regardé sans ciller le spectacle. Je ne me suis pas baissé. Je ne me suis pas demandé *pourquoi j'avais fait ça.* Je me suis éloigné à grands pas, et suis allé au Weber entonner trois bocks mélangés à une verte, avec comme ordre à mon cerveau l'interdiction absolue de penser. Josué a rapporté le matériel. Ma plastiline, toute souillée, a fini dans un tombereau du jardin zoologique.

J'étais donc chez les Kaas, ce soir-là. Les lumières avaient été allumées avant le crépuscule. L'atmosphère m'avait détendu les nerfs. L'absinthe y était aussi pour quelque chose. Marcus avait été instruit par son fils de mon aventure, et du marasme dans lequel j'étais depuis le matin. Alors, après avoir rompu le pain, il me raconta l'histoire d'un jeune hassid, là-bas, aux confins de la Pologne, qui voulut un jour se rendre auprès de son maître pour passer avec lui la fête des Expiations. Il partit de bonne heure mais fut ralenti dans sa route et se trouva en rase campagne à l'heure où naissent les étoiles. Mortifié, il ne put que prier seul, en plein champ. Lorsqu'il arriva enfin à la ville, l'office solennel avait eu lieu, mais le maître l'accueillit avec joie. « Ta prière, lui dit-il, a emporté et levé aux cieux toutes les prières qui gisaient dans les sillons nus de la terre. »

De *La Panthère à l'affût*, que tu aimes tant – et qui te ressemble, *fratello mio* –, à l'épurement immobile du *Grand Tigre royal*, quel chemin parcouru ! J'en ai été effrayé. En mille jours, j'avais mûri de vingt ans. Je me voyais au-dessus du futur, conscient de l'extrême combustion de mon art, en miroir de ma vie qui ne serait peut-être plus très longue. Au reste, était-ce si important ? A l'horizon du plat pays, se profilaient les ailes rouges de la guerre. Au mois d'août 1913, lorsque je suis venu chez toi, le soleil était encore si généreux aux marches de l'Allemagne ! Un an plus tard, le son du canon nous assourdissait. Après avoir pénétré les Ardennes, franchi la Meuse, débordé dans les plaines du Limbourg et du Brabant, enlevé Louvain, Bruxelles et Namur, les Allemands assiégeaient le camp retranché d'Anvers, immense périmètre allant de la frontière hollandaise à Malines. Le roi et le gouvernement s'y étaient repliés. Je vis le souverain entouré d'officiers généraux sortir à cheval pour s'informer personnellement de l'état de ses troupes. L'état-major allemand envoya un zeppelin qui survola tel un gros hanneton la ligne des citadelles et lâcha ses bombes en plein cœur d'Anvers. Lourds dégâts, fouillis sanglant. Dans les ruines, dix morts, quarante blessés, rien que des civils. Après cette alerte, il y eut un mois et demi de presque silence. Les jours passaient, raccourcissaient. L'ennemi demeurait en batterie, harcelé par les sorties de l'armée belge, mais sans lancer d'attaque majeure, pour concentrer ses mouvements sur le nord de la France. On était très calme. On montait la garde sur les remparts. L'attente laissait croire à une guerre immobile, et il semblait que la somptueuse floraison d'été, avec ses immenses agaves, ses centaurées, ses agapanthes blanches tachetées de bleu, ses cannas aux feuilles mordorées et aux lourdes corolles pourpres, eût conféré au parc zoologique un parfum d'éternité. Sur le chemin du palais des fauves, les perroquets enchaînés à leurs perchoirs faisaient au visiteur une jacassante garde d'honneur. Et voilà qu'un beau jour la foule fut évacuée. Le jardin, fermé. Je suis allé voir le directeur, Michel L'hoëst, qui m'a accordé une autorisation provisoire. La situation se tendait : il prenait les premières mesures d'urgence. Un matin de septembre, le palais égyptien fut vidé de ses éléphants, qu'on employa au renforcement des casemates entourant la ville. Ils transportaient des troncs d'arbres qu'on disposait en parapets et sur lesquels on jetait des sacs de terre, des caisses et des branchages. Le soir, les animaux rentraient épuisés. On les nourrissait, on leur donnait à boire, puis on frottait leur cuir avec un mélange d'huile et de graisse. Cela dura plusieurs jours. A l'issue de ces travaux forcés, l'éléphant blanc, rétif, regimba soudain. Il se dressa sur ses pattes arrière en poussant un long barrissement, fit un écart puis, de tout son poids, se laissa retomber sur un maigre soldat. L'homme mourut sur le coup, tandis que sa poitrine craquait comme un coffre... Les chantiers s'achevaient. Autour des nouvelles tranchées, on posait les haies de barbelés destinées à retarder les troupes ennemies. L'armée belge attendait le Boche exécré.

Le 28 septembre, soudain, un tonnerre de feu ! Les pièces allemandes de gros calibre bombardaient les forts de Waelhem et de Wavre-Sainte-Catherine.

C'était loin d'Anvers, on n'entendait rien encore, mais la mort, à pas sourds, approchait. Le cercle de défense s'étranglait. Les Français arrivaient, établissaient leur quartier général à Berchem. Les premiers convois d'exode se dirigeaient vers la Hollande et la France. Le consul général Crozier, après avoir lui-même expédié sa femme à Paris, m'engageait énergiquement à partir. La Triple Alliance garantissait la neutralité des Italiens, m'avait-il dit en me remettant un sauf-conduit frappé aux armes de la République. Mais je ne voulais pas m'enfuir. J'avais demandé à intégrer les troupes du général de Guise, commandant la place d'Anvers. La réponse était tombée, laconique : aucun engagement d'étranger. Alors j'ai réussi à m'enrôler dans la Croix-Rouge franco-belge avec l'ami Walter Vaes, en qualité de brancardier. Les mortiers allemands, pendant ce temps, poursuivaient leur attaque.

A l'horizon des champs de bataille, des points cotonneux dans le ciel : les shrapnells. En attendant les renforts anglais, les Belges et les Français se battaient de conserve. L'infanterie ennemie investissait lentement la plaine…

– Baïonnette au canon !

– A toi de jouer, Rosalie, grognaient affectueusement les Français en ajustant leurs lames, comme s'ils voulaient tuer avec l'onction féminine, pour que la vie, comme elle était venue, sorte par la fente sanglante du destin.

Un frisson parcourait les rangs, les mâchoires se serraient, les yeux luisaient d'une joie sauvage. La peur au ventre aussi, avec les entrailles fondues, la verge et les couilles rentrées. Ils le disaient, c'était comme si, à force de se rétracter, « ça » n'existait plus. Mourir en homme, et percer des poitrines, dans un même cri. A nous, ensuite, de récolter les corps, tandis que s'exaspérait la rage.

– Ah ! bath ! On va y aller à la fourchette !

Ces cochons de Boches, avec leurs canons, les rendaient fous. Ils allaient leur tailler le lard ! Les balles traçaient, les obus éclataient, transformant la terre en pâte à pétrin... Oreilles sifflantes, saouls de poudre et de bruit, hallucinés, bouche ouverte, les Belges et les Français chargeaient : en avant, en avant ! Ils fonçaient ou s'abattaient, comme au passage de la mer Rouge, et leur sang était bu par la terre sèche. Les tranchées inondées, les boyaux cloaqueux, couverts de givre puis dégorgeant de neige, les mains enflées collées aux affûts des canons, la poitrine qui tremble, indépendante du reste du corps transi par le froid de l'aube, les pieds crevassés d'engelures, la gnôle comme compagne des heures qui passent, ce ne serait que quelques mois plus tard. Pour l'heure, on s'étripait au soleil.

Au prix de lourdes pertes, l'ennemi avançait. Et quand les Parisiens criaient encore : « A Berlin ! A bas les Pruscos ! Rapportez la moustache à Guillaume ! », les Anversois plus rassis écoutaient le tocsin de leur ville, comme le glas des morts. L'armée allemande allait surgir en masse grise et féroce. Elle ne se contenterait plus de piller les pendules, les tonneaux de bière, le pinard ou la volaille, elle allait incendier les faubourgs, puis le cœur d'Anvers, et s'en vanterait par voie d'affiches, comme elle le fit à Liége, pour soumettre les populations. Viols et massacres d'otages, femmes, enfants, vieillards. On imaginait tout, on croyait à tout, pourvu que cela fût atroce : on disait qu'en France les Boches tranchaient les poignets des nouveau-nés, qu'ils coupaient les seins des femmes pour les pendre aux crocs des boucheries.

A toute volée, le tocsin d'Anvers sonnait. Les habitants fuyaient. L'ultime route accessible qui menait à Rosendaal, en Hollande, était chargée des dépouilles de l'exode. Au parc zoologique, L'hoëst appliquait les consignes de salut public. J'ai vu une troupe de soldats marcher en rangs serrés avenue de Keyzer. Elle a franchi la porte principale, puis suivi les allées. Elle est entrée dans le palais des fauves par les grands portiques encadrés de lions-cariatides. Elle a longé la galerie à double rangée de colonnes, postant un homme armé devant chacune des cellules disposées en enfilade. Un groupe s'est dirigé vers les cages extérieures, un autre s'est placé devant tout ce qui était classé « fauve », « carnassier » ou « animal dangereux ». Panthères, guépards, jaguars, léopards, pumas, ocelots, ours… Au signal, les soldats ont mis en joue, et la fusillade a commencé. Des poitrails criblés, des échines éversées, des robes éclaboussées, des lionceaux crevés comme des peluches, des grognements d'ours qui se relevaient sans cesse et sur lesquels il fallait vider les chargeurs… Je ne peux t'exprimer ce que j'ai ressenti, *fratello*, il me semblait qu'à chaque pulsation de leurs cœurs c'était ma vie qui s'échappait. L'hoëst était plus blanc qu'un linge. Frans Franckx, le gardien des lions qui avait refusé de regarder le massacre, tandis que crépitaient les salves, pleurait à genoux, secoué de hoquets, le visage écrasé contre une colonne de pierre.

Le sacrifice accompli, il se fit un silence universel, avec seulement dans le ciel un appel d'oiseau, très faible, répété… Et soudain, tandis que les hommes reformaient le rang pour rallier leur cantonnement, ce fut la révolte. Un hourvari de cris de bêtes, de hurlements, de glapissements, de cavalcades affolées dans les enclos, de coups sourds donnés contre les barrières et les grillages. La révolte et l'effroi : ils avaient respiré l'odeur de la mort.

Début octobre, l'envahisseur enserrait la ville. La salle de marbre du zoo avait été transformée en hôpital militaire. Les blessés arrivaient des tranchées. Walter Vaes et moi, nous filions le long des lignes anglaises disposées à la hâte aux portes d'Anvers. Avec mon français mâtiné d'italien, je ne risquais pas de me faire comprendre, mais les gestes suffisaient. Saisir sous les aisselles, transborder en douceur, caresser un front moite, redresser une main terreuse, lever le brancard, et puis faire vite, avec le cri du blessé au moindre heurt !… Dans une tranchée, au pied d'un fort où tonnait le canon, une file de soldats était accotée à un talus, face au glacis mitraillé par l'ennemi. Debout, l'arme au pied, le regard dépassant à peine, ils attendaient. Ils guettaient le moment de la contre-attaque. L'un d'eux, affalé contre la paroi de terre, et comme épuisé, semblait dormir. J'empoignai son épaule : il glissa à la renverse, lentement, sur le sol, un trou rouge au milieu du front.

Plaies légères ou délabrements affreux, je faisais les pansements au mieux, sans eau bouillie, pourvu que ça tienne ! Nous progressions en rampant vers les lignes avancées. Les feux de barrage se succédaient devant et derrière nous. Stupéfaction et mort atroce d'un Français au moment où il voulut relever une grenade : ses deux pieds furent emportés. La flamme l'embrasa jusqu'au bas-ventre, il pirouetta cul par-dessus tête, soufflé contre le parapet. Ses jambes écrêtées, mais adhérant au bassin, se dressaient, effilées et noircies, comme des allumettes grillées. Des blessés hurlaient dans les trous d'obus. Il fallait leur donner très peu à boire, prier Dieu pour qu'ils n'aient pas trop soif dans les heures à venir, et les abandonner pour revenir les évacuer le soir, si les Boches cédaient du terrain. La Croix-Rouge ne faisait pas de miracles.

L'hôpital puait de jour comme de nuit, malgré ses surfaces glacées et ses baies immenses. Il puait l'éther, les cicatrices fraîches, les draps poissés. Boutonné dans ma blouse, torse nu en dessous, je voyageais dans cette cité des survivants, le cœur au bord des lèvres, regardant ces gueules cassées, ces tronçonnés, ces trépanés, ces aveugles. Les images grouillaient et pourrissaient dans ma tête. De la vraie chair, l'écorchée vive, celle qui n'a plus de frontière polie avec le monde, j'avais peur. J'aimais honteusement les formes que je façonnais, où je me perdais dans l'onctuosité du plaisir, mais là, cette mort à corps défendant, cette lutte en sueur, ces gémissements gueulés ou contenus en larmes qui suintaient des paupières, ce sommeil agité d'où l'on veut émerger parce qu'il ressemble à une première géhenne, pour retrouver la douleur, à moins que ce ne soit elle qui vous rattrape, tout ce cauchemar visqueux, indissociable des aubes et des crépuscules, m'induisait à un froid besoin de repos. Et cela aurait été bientôt fait si j'avais été seul au monde, sans penser à nos parents à Pierrefonds, à toi dont j'avais appris que tu t'étais réfugié avec ta famille en Suisse pour rejoindre ensuite notre Italie. Oui, cela aurait été bientôt fait : dresser le buste hors d'une tranchée en hurlant *Kamerad !* à ceux d'en face, et leur faire un bras d'honneur. Recevoir le feu et puis s'abandonner, passer de sujet à objet, la chair bouillonnante, les os fracassés, quel vertige.

Mais il fallait continuer, replier les brancards, vider les cuvettes, assister les infirmières aux longues blouses blanches, appeler le prêtre qui s'épongeait le front et les yeux après chaque extrême-onction. Il était loin, le temps des Expositions royales où, nœud papillon impeccable, pochette claire et costume sombre, je me promenais dans la salle de marbre entre mes bronzes et mes plâtres, mon éléphant mendiant du pain, ma girafe au col courbé, ou mon rhinocéros indien mastiquant un épi de maïs plein de bave… Walter, bouleversé, me rapporta ce qu'un aide-major français avait vécu dans l'un des postes : un caporal était arrivé vers lui, marchant comme un automate, avant-bras à demi brandis, mains arrachées au ras des poignets. Il regardait ses moignons rouges avec des yeux exorbités. Tandis que la terre continuait de vibrer au pilonnage des mortiers, pour le ramener à la conscience, il lui avait crié : « Que fais-tu dans le civil ? » La réponse tenait en un mot : *sculpteur*... Impressions ineffaçables : ces momies sous bandelettes, abruties de morphine, mes mains posées sur les montants laqués des lits, l'arrivée du chirurgien-major... Raclement du métal sur l'os. Amputation. Suture. Bandage. Serrage. Ou changement des draps, et chariot pour la morgue. L'épreuve alourdissait nos corps, elle pesait sur nos cœurs, et l'on poussait, poussait sans relâche les roulantes chargées de désinfectants, d'instruments nickelés, d'ouate et de pansements... Les infirmières empressées mais calmes, toujours souriantes, et pourtant si graves... Sang rouge. Sang noir. Pus vert-jaune. Odeur. Cri d'homme jeune qui vous vrille l'âme. Saloperie de guerre !

Dans la nuit du 7 au 8 octobre, l'artillerie lourde allemande canonnait la ville au phosphore, provoquant l'incendie de nombreux bâtiments et, pour les êtres vivants, des blessures en profondeur qui ne saignent pas, mais qui s'épandent et grésillent. A l'aube du 8, les derniers habitants affolés se jetaient à la mer pour fuir vers l'Angleterre. En moins de trois heures, chaque steamer menaçait de chavirer sous le poids de plus de deux mille personnes. Mais ce n'était pas assez, et l'Escaut fut bientôt envahi par une myriade d'embarcations. Des familles entières s'entassaient sur des radeaux. D'autres fugitifs grelottaient, assis dans l'eau sur des bouées. Il tombait, à ce moment, cent obus à la minute et la cité brûlait : les avenues de Sud, Moretus, Quentin-Matsys, je me souviens de ces noms en litanie funèbre et flamboyante. Je revois aussi l'éclat du brasier qui emportait le monde des hommes : le palais de justice. Et celui de Dieu qui devait nous protéger : l'église Saint-Joseph. Aux premières pluies de novembre, elle ne serait plus qu'un mélange de décombres et de cendres. Les bombardements continuaient : Berchem, Zuremberg écrasés. Et sur les quais, toujours, la panique, comme une houle terrestre : appontements croulant sous la foule, chapeaux melons qui volent, bousculades contre les chaînes, affalement sur les valises, gémissements, cris hystériques. Là-bas, enfin, à l'écart des embarcadères, la petite vieille vêtue de noir, entourée de paquets, laissée sur un banc au soleil, assez loin pour que personne ne vienne lui disputer la place.

Le 9 au matin, à l'arrêt des bombardements, quand les civils négocièrent la reddition, les troupes avaient évacué le secteur. Les uhlans pénétrèrent à cheval dans les rues éventrées. Après une courte reconnaissance, ils remontèrent au trot l'allée du zoo menant à la salle de marbre. Casques à pointe sous le bras, mains sur la garde de leurs sabres, ils réquisitionnèrent l'hôpital. Anvers était occupée. Les Belges et leurs alliés se repliaient vers l'ouest. Ils allaient poursuivre les combats sur l'Yser, et le vent de mer, remontant en rafales, transporterait avec lui les cris des peuples qui se heurteraient en une haute clameur, et ni le grondement des marées ni le roulement des canons ne seraient aussi immenses que le souffle des poitrines hurlantes, ni plus tragiques que certains hommes à genoux, tenant à pleines mains leurs entrailles chaudes.

Sous le ciel pluvieux de novembre, quand j'ai étreint Walter Vaes en guise d'adieu, nos joues piquaient comme des barbelés. Devant la gare, la *militär Kappelle* offrait un concert sur ordre du gouverneur von Huehne, qui prétendait ainsi redonner de la vie à la cité ; mais, dès que la clique vert-de-gris entama l'hymne du Reich, ses accents furent couverts par des sifflets et des huées. Fut-ce un hasard ? Le mécanicien du train actionna au même instant sa sirène de locomotive… Je suis parti vers la Hollande, avec dans ma poche le sauf-conduit de Crozier. J'étais seul. Dupon, échappant aux bombardements de Berchem, avait gardé Worst avec lui. Dans mon unique valise, j'avais rangé les outils que tu m'avais forgés, et quelques vêtements usés, mais conservant encore une allure d'élégance – le seul luxe que je n'ai jamais résigné.

Quatre jours de voyage chaotique entre la Hollande et l'Italie, jusqu'à Milan, enfin ! J'avais la gorge serrée, comme lorsque l'on rentre au bercail, avec sa vie en écharpe. Qu'as-tu fait de ton talent ? Quels sont tes mérites ? Y avait-il quelqu'un pour moi, à l'arrivée ? Et tu étais là, mon *Ettorino*, mon *Totor* ! Tu m'attendais sur le quai. C'était merveilleux de te voir, de te toucher. Vivant, eh oui, en chair et en os, les yeux, le sourire... nos vies se raccordaient ! Nous prenions un fiacre – tu n'avais plus de voiture : un comble ! Tu m'expliquais qu'en quittant l'Alsace dès le 2 août, en pleine mobilisation, tu avais rompu avec l'Allemagne. Tes avoirs en banque avaient été bloqués ; les frontières se fermaient ; le dernier train pour Stuttgart démarrait dans la nuit. Tu es parti à la galope, avec quelques bagages, les bijoux et les économies de Rina dans un petit sac de toile : un peu plus de cinquante mille marks. Les trois enfants étaient en chemise sous leurs manteaux ; on n'avait pas eu le temps de les habiller ! A la frontière suisse, il fallut toute l'influence du comte Zeppelin pour t'obtenir un laissez-passer. Il te sauvait, alors que ses engins de mort allaient bombarder Anvers. Quel destin, hein ? Quelle ironie !... Et les gosses, alors, tout allait bien ? Ils étaient via Trieste, chez Belle-Maman Bolzoni. Quand je les ai vus – comment dire ? – ce fut à la fois fort et doux. Une ribambelle de joie, l'Ebé, Lidia, et le tout petit Jean, le petit Titi ! Lorsque je me suis penché vers lui, il s'est carapaté dans les bras de Lidia en couinant : « Niniette ! » « Niniette ! » Deanice était là, elle aussi. Craignant les troupes allemandes, Papa l'avait éloignée de Pierrefonds. Ses yeux étaient cernés de noir, et son expression était différente, j'avais l'impression de la découvrir, notre Nice, avec ses pommettes hautes, son teint animé, une sorte de tension intérieure... Je l'ai serrée sur mon cœur. Leopoldina m'accueillait à son tour, et je me demandais où était Barbara. Elle est rentrée du Corso, un peu en retard – mais par rapport à qui ?… J'ai aimé son premier regard, de haut en bas, m'envisageant, m'embrassant, avec ce quelque chose qui m'indiquait que j'avais mûri, et peut-être même embelli. Ne te moque pas, j'évoque.

Je croyais que nous allions vivre en paix. J'avais tort : tu n'es pas resté plus de quinze jours avec nous. Tu attendais la réponse du général Dall'Ollio, le ministre de la Guerre, à qui tu avais transmis les plans d'une bombe incendiaire et d'un canon à tir rapide. Le gouvernement était-il intéressé par leur fabrication ? Un pli est arrivé de Rome : non ! Tu l'as lu d'un air songeur. Un peu humilié du refus, certes, mais prompt à saisir l'occasion. Adieu famille, adieu couvée ! Tu allais emmener Deanice avec toi, détaler vers Paris qui reconnaîtrait ton génie d'inventeur. L'Italie était tranquille ; en cas d'engagement dans le conflit, tu t'arrangerais pour te faire mobiliser en France. Les mots que vous avez échangés alors, Barbara et toi, je les connais. Tu disais qu'elle ne resterait pas seule puisque nous étions là, sa mère et moi ! Tu te justifiais avec cet argument imparable : qui va faire bouillir la marmite ? Tu refusais la colère qui montait en elle : les femmes ne comprennent rien ! Et elle répliquait que tu n'étais qu'un chien courant. « Cher chien », oui ! comme elle t'appelait parfois, mais la truffe au vent et la queue dressée. Tu l'avais trompée. Elle l'avait su. Tu recommencerais sûrement à Paris. Quelle pétaudière morale, mon pauvre Ettore ! Je ne te blâme pas d'être, par essence même, infidèle à ta femme, mais de l'être à Barbara. Tu n'en avais pas le droit. Et tu l'avais d'autant moins que tu me laissais en otage, pour je ne sais quelle tendresse. C'était trop d'ambiguïté, de souffrance, mais aussi, de ta part, trop de désinvolture ou de mépris.

Du jour où tu est parti, la casa Bolzoni a vécu une sorte de veuvage. Leopoldina m'observait. Nous allions affronter l'hiver... Je me suis éloigné, j'ai retrouvé nos amis d'avant, le bar Apollo avec son vermouth *con seltz,* le café Biffi, la Birreria Nazionale, le Gnocchi, les concerts du soir, et Giulio Urata, ouvrant son carnet d'architecte, m'a obtenu un atelier via Eustachi, qui servait pour moitié de garde-meuble. J'ai essayé d'y travailler. Mais, bon Dieu, à quoi, en ces temps de cataclysmes ? Par-delà les frontières, une main plus forte que les nôtres broyait l'humanité, et je me serais défini comme un animalier ? Et je me serais borné à faire la bête ? Milan se lovait dans l'humidité de décembre, dans l'attente sourde de l'affrontement. L'année s'achevait, pourrissait dans les tranchées. J'avais l'impression d'être le seul, non pas à savoir, mais à comprendre. Je revoyais Anvers, à l'aube. Brumes de mer aux derniers jours de septembre. Réveil tranquille. Le soleil perçait en rayons dorés sur la rade où s'entassaient les navires. Bientôt, les canons à longue portée allaient se déchaîner. Quelques heures plus tard, après avoir tout écrasé pour préparer la route, l'affrontement aurait lieu. Au pourtour de la ville, les hommes s'extirpaient des trous où ils avaient passé la nuit, adossés les uns aux autres. Perclus par la fraîcheur nocturne, ils s'étiraient, bâillaient, frottaient leur menton bleui, puis vérifiaient le fonctionnement des fusils. Quelle vie de taupes ! La suite défilait en images rapides, dures comme la flamme du magnésium, ou en gouffre noir : l'Allemand de très haute taille fuyait en titubant, un camarade mort sur l'épaule. Le Belge le poursuivait, l'arme au clair, et, de tout son élan, lui embrochait la nuque. La baïonnette forçait les cervicales, pénétrait la base du crâne, filait à l'intérieur du gosier et fracassait les dents, pour rejaillir comme une langue raide et rose. L'homme tombait en avant, la bouche plantée, le casque à pointe arraché. Son compagnon n'était plus qu'un paquet jeté au sol. La lame, dégagée au godillot, pouvait frapper encore. Le corps du grand diable gris palpitait. Quand le Belge le retourna sur le dos, il eut un tressaillement d'une violence incroyable, et ses prunelles chavirèrent, tandis que les ténèbres se répandaient sur elles… J'avais les paupières fermées, les mains tremblantes, je ne pouvais plus toucher la terre, obsédé que j'étais par ces visions d'équarrissage, ces fossés, ces boyaux obstrués de chair. Sur ma selle de sculpteur, des formes dérisoires. Je les écrasais à coups de poing… Je décampais de la via Eustachi, arrivais en trombe dans l'atelier de Giulio, qui sursautait chaque fois. Sans le saluer, sans prononcer de mots précis, je m'abattais sur un fauteuil et gémissais une fatigue que je n'avais jamais connue jusqu'alors. Gémir me dégoûte. Pourtant, j'en étais là. Impossible de rassembler mes forces. Le monde coulait entre mes doigts.

Cela dura des semaines. L'impuissance, le sentiment de n'être plus nulle part à ma place. Le seul acte légitime dans cet univers de fous était de me porter volontaire, et de fuir en avant. C'était fin février, trois mois avant que nous n'entrions, nous aussi, en guerre. J'ai passé la visite médicale, j'étais bon pour le service, bien que le médecin eût froncé les sourcils en m'auscultant. « Respiration sifflante, a-t-il inscrit au dossier, à vérifier en cas de mobilisation. » En attendant, je suis allé à Bergame voir Palazzolo. La fonderie Hébrard avait clos ses portes, il était rentré dans sa famille. Nous étions tous les deux dans la même dérive. Veux-tu que je te dise ? On a bu à gueule bée, comme des sabots laissés à l'orage. Chez lui, je redoutais les nuits : les lits étaient si petits, le sol si glacé, que je couchais sur la table, et ce n'était pas tant la rudesse du bois qui m'empêchait de sombrer dans un vrai sommeil que les risques de chute. J'ai essayé de me remettre à l'ouvrage. En vain. J'ai erré sur les bords du lac de Côme. Et puis à Rome. Enfin je suis revenu du côté de la via Trieste, parce que je ne pouvais m'en empêcher. J'y entrais la tête haute, mais le regard en biais. Je m'occupais de l'Ebé, Lidia, Jean, et j'y trouvais un bonheur que je ne méritais pas, tout en le savourant comme un état de grâce. Toi, tu étais par-delà les montagnes, de l'autre côté du ciel, tu travaillais pour l'aviation française, les mioches en rêvaient ! Dans ta chambre du quartier de l'Opéra, au Grand Hôtel, boulevard des Capucines, tu avais installé tes planches à dessin, d'où surgissaient des armatures, des voilures et des ailes. Tu méditais sur le lourd et le léger, la dynamique de l'air, et te gardais, dans ta correspondance, d'exposer le problème des tirs de mitrailleuse au travers des hélices. Secret militaire bien sûr, mais aussi à l'égard des petits : dans ces nouveaux champs de bataille, le coton des nuages n'absorbait pas les pluies de sang.

Tes lettres, nous les attendions avec impatience. Or il y eut un jour où Barbara refusa de nous les lire. C'était définitif. Tout allait bien, prétendait-elle. Et l'Ebé, la *prima figlia*, du haut de ses onze ans, comprit qu'entre vous deux quelque chose allait mal. Il est grave, n'est-ce pas, le moment où les enfants pénètrent malgré nous dans notre monde intime ? Évidemment, tu secoues la tête, tu as un petit claquement de langue agacé. Ne mélangeons pas les genres.

Moi aussi j'ai reçu du courrier de France, c'était début juin : « Maintenant que l'Italie est en guerre, à risque égal, rien ne vous empêche de venir vivre chez moi, au château de Vallière où vous disposerez d'un atelier », m'écrivait Armand de Gramont, duc de Guiche. Il était ravi que tu l'aies approché en te recommandant de moi. Votre collaboration s'amorçait, tu expérimentais tes inventions dans son laboratoire de physique et de mécanique. Il avait de grands projets pour toi, techniques, militaires, industriels, et désirait nous réunir sous sa protection. Il ne disait pas le mot, mais accompagnait sa proposition de la commande d'un christ qui s'inspirerait des derniers travaux scientifiques sur le linceul de Turin. Imaginerais-tu ? Cette finesse d'aristocrate était divinatoire. Que pouvais-je faire d'autre dans ces circonstances ? L'idée de m'éloigner me plaisait – j'aimais notre Milan, bien sûr, mais sans profondeur, comme l'apatride pense à un lambeau de terre abandonné trop vite –, oui, cette idée, je la sentais, avec ses arrière-paysages, ses détours subconscients qui me forçaient à en appréhender l'urgence. C'était étrange, j'avais effacé de ma mémoire les brumes de mon enfance – tous mes souvenirs sont empreints de soleil – et voilà qu'il me rattrapait, ce terrible brouillard milanais, si brusque parfois, et si imprévisible, que l'on doit toujours compter avec lui. Certains matins, malgré l'approche de l'été, les fiacres roulaient au pas. On avait la gorge prise ; on contractait des laryngites ; on se gargarisait. *« Ci facciamo il "bidè" colla grappa* * *! »* plaisantait d'une voix éraillée un vieil ivrogne de la brasserie Trenk, avec un petit hennissement... J'ai commencé à tousser. Le médecin de la via Eustachi m'a recommandé de prendre l'air, de dormir, de manger, et de ne rien faire. J'avais une bien meilleure solution : Paris ! mais en gardant ma liberté et sans profiter de l'hospitalité des Gramont. PaoloTroubetzkoy s'était installé en Amérique depuis le début de la guerre, j'ai donc écrit à Salmon, l'ami poète, pour qu'il me dégotte un local de rapin à moindres frais. Toi, avec tes relations au ministère de la Guerre, tu pouvais m'obtenir un laissez-

* « Ici, on se fait le "bidet" avec de l'eau-de-vie ! » *(N.d.A.)*

passer, car m'être porté volontaire compliquait les choses. Le gouvernement prenait ses décisions au jour le jour. Les hommes de mon âge ne pouvaient plus sortir. S'il avait fallu marcher, j'y serais allé hardiment, à charge pour toi de le cacher aux parents. Que faire en ces moments où tu ne pensais plus à nous ? M'occuper du transfert vers la France d'une voiturette, sans qu'elle soit saisie par les douanes ; retrouver d'anciens plan de l'Hermès qui allaient te servir ; te recommander de ne pas monopoliser Maman et Nice à Paris, quand Papa était seul à Pierrefonds ; te rappeler de ne boire que de l'eau bouillie dans cette ville où tout était empoisonné. Que te dire, en ces moments où tu ne pensais plus à nous ? *Tanti bacci dalla tua l'Ebé... Tanti bacci**.

Un matin j'ai vu Barbara, la tête haute, le regard étincelant, les narines frémissantes, la bouche arquée sur des mots jetés à la barrière des dents. « Ah, le chien, le chien ! » grondait-elle. Le chien courait plus que jamais, c'était clair. Certains de vos amis – les appellerai-je ainsi ? –, après t'avoir « vu », donnaient le change avec trop d'insistance. Deux lettres de toi, coup sur coup, lui étaient parvenues. Elles ruisselaient de conseils familiaux, de bonnes paroles : tu semblais si charmé d'être redevenu libre ! Elle en était outragée, et crachait son venin : « Mes compliments, mon-

* Tant de baisers de ta l'Ebé... tant de baisers. *(N.d.A.)*

sieur ! » Elle me prenait à témoin, me fixait rageusement, et, glissant de l'un à l'autre, mêlant ses reproches à ses plaintes, s'adressait à moi comme si ton masque eût été plaqué sur mon visage. Mes compliments ! Et j'acceptais ce rôle équivoque, en songeant que la réticence entre deux êtres ressemble aux digues érigées contre la mer : elle contient tant de pensées, tant de cris, tant de fureurs. Or voici que les digues se rompent : mon cher mari, tout va bien, n'est-ce pas ? Ta santé est bonne ! Aucun ennui de ta famille ! La joyeuse vie ! Tu désires continuer comme ça ? A ton aise ! Me séparer définitivement de toi ? Je n'ai rien contre, « vu » que je suis la cause de ton malheur ! J'ai beaucoup de défauts, sans doute, mais es-tu assuré que les autres n'en ont pas ? Réfléchis bien ! Je te le dis tout net : j'en ai assez ! Assez !

Elle arpentait la pièce, l'air lui manquait ; c'était une colère spasmodique, un mélange d'exaspération et de souffrance, et d'angoisse d'être abandonnée, avec cette conscience abominable pour une femme d'être parvenue à sa maturité, je veux dire, sans autre avenir que la progression de l'âge, quand on fait encore lit commun, mais rêves à part. Adieu les belles années, perdues pour toujours, aller simple sans retour. Et quelle situation ridicule, quel triste lot ordinaire... Assez ! Assez ! Elle répétait ce mot d'un ton âpre. Je la ramenais à moi en la touchant, en l'entourant de caresses. Sur elle, j'avais le regard lourd. Nous vivions un moment d'une telle intensité, mais aussi d'une telle vulgarité, que l'amour, je veux croire que nous le ressentions l'un comme l'autre, était nécessaire pour ne pas crever de désespoir – au moins, pour elle, la nostalgie de l'amour... Nous étions si intimes, avec, tous deux, le cœur si près des lèvres. La déchéance, nous allions l'éprouver en silence, par notre abandon à l'instant, avec le dégoût particulier qui s'ensuit ; tu sais bien, celui qui vient de l'adolescence, quand le farouche de l'âme livre ses derniers combats contre le corps, quand, après la jouissance, il vient se rappeler à nous, avec nos moiteurs et nos contingences. J'aimais trop Barbara. Et j'étais comme l'araignée retenue dans sa toile, incapable de démêler les fils où viennent s'engluer les proies des chemins de soie sèche où j'aurais dû marcher. Contemple, et dédaigne peut-être, en cet instant précis où nous sommes seuls, elle et moi, si près l'un de l'autre, où je la domine de la tête et des épaules, où je peux être ignoble et triomphant par légèreté d'âme, soudain je me recroqueville, et je crache le sang. C'était la première fois ! Les pupilles de Barbara se sont agrandies ; elle s'est reculée. Cela coulait entre mes doigts. La tiédeur était douce ; une glu vivante. Oui, je suis resté ainsi, la main à demi ouverte. Barbara craint la tuberculose. Je le devine dans ses yeux. Je n'approcherai plus les enfants.

Printemps 1915... elle est partie avec le petit Jean pour Paris le dernier samedi de juin. Cinq jours plus tard, elle revenait boucler les bagages des grandes. Elle avait « assuré la situation », comme elle l'expliquait à sa mère. La famille allait se reformer boulevard des Capucines, à l'ombre de l'Opéra – oh ! n'y vois aucune ironie, je laisse simplement filer ma plume. Juillet, août, je suis resté seul à Milan. J'ai rencontré le vieux Maltese. Sous le soleil du dernier été, il apparaissait si chenu, si caduc, et il avait tant de choses à me dire. Maltese dont le faire-part de décès est maintenant sur ma table. Maltese qui accoucha Maman, et qui sans le savoir, par ses confidences, me préparait à ma prochaine sculpture ; mais oui, *fratello* ! Il ne faut pas trop d'intelligence pour être un véritable artiste, je te révèle donc ce que mon esprit s'obstine à considérer comme une chicane du destin. Qui d'autre que moi, aujourd'hui, se soucie d'une meurtrissure originelle ? Qui d'autre, parmi nous, s'en est soucié jadis, sinon mon parrain Segantini, endormi pour toujours au cimetière de la Maloja ? Segantini qui savait tout de moi, qui m'avait ouvert tant de chemins, et dont la mort mystérieuse constituait peut-être un exemple. J'avais craché le sang, je m'inquiétais d'une possible et rapide décadence ; septembre serait le temps d'un ultime pèlerinage.

J'ai écrit à Bice qui séjournait en Suisse dans sa maison de Soglio, sur l'autre versant de la Bondasque ; elle m'a envoyé de l'argent pour le voyage – chère Bice… – puis elle m'a attendu. Mes papiers étaient en règle, je suis parti. Elle était avec notre cousin Mario, « le beau Mario », comme l'observait en souriant notre mère… J'ai retrouvé là-bas, dans une émotion trouble, les anciens meubles du chalet Kuoni. Je revoyais Giovanni assis à la grande table, avec Bice et tous les enfants ; Baba portant un énorme plat de viande ; Bianca avec son visage de madone, si mûre pour son âge, qui lançait sur son ogre de père un regard plein d'amour, et presque d'exaltation. J'ai vécu ces quelques jours avec nostalgie, mais aussi un certain malaise, dans cette ambiguïté d'un pays neutre où tout ce qui n'était pas latin était forcément germanique ; avec, en lointaine perspective, par-delà la vallée de l'Engadine, le haut Adige et le Trentin, l'enjeu de notre entrée en guerre. Bice venait de fêter ses cinquante-trois ans, tous ses enfants étaient adultes. Mario avait franchi la trentaine, comme moi. Sur cette terre en révolution, elle se sentait désormais si vieille ! Par un après-midi tiède, alors que nous n'avions plus de nouvelles à échanger, que nous avions épuisé les mots d'espoir qui dissimulent les regrets, j'en arrivai au véritable but de ma visite : Giovanni. Qui avait tué Segantini, disparu en des circonstances atroces ? Là-haut, dans sa baïta du Schafberg, trempé de fièvre, il avait agonisé durant des jours ; son ventre infecté s'était débondé dans des souffrances infernales. Qui l'avait tué ? Elle m'obsédait, cette question injuste, surgie d'un sommeil tourmenté, au cours de ces nuits milanaises, de ces nuits soumises au reflux d'un très ancien passé. Giovanni, un an avant sa mort, avait entrevu les débuts de sa fin. Il avait médité sur l'extinction du siècle, l'accomplissement de son œuvre, et envisagé avec angoisse le moment où, en pleine force de l'âge, il se retrouverait malgré tout impuissant. Qui avait décidé qu'à l'instant où il serait ébloui par sa propre maîtrise, mais tétanisé face à un avenir qu'il ne saurait assumer, il conviendrait pour lui de céder la place, de mourir, pour ne pas déroger ? Il ne cessait d'en parler et consultait des tireuses de cartes : « Dites-moi que je ne m'en irai pas trop jeune ! » On le rassurait, on lui prédisait même qu'il vivrait plus vieux que le Titien, qu'il dépasserait les quatre-vingt-dix ans. Il en était soulagé, mais secrètement déçu. « Je le voyais, c'était chez lui un mélange d'allégresse et de nervosité », a murmuré Bice. Elle se souvenait, racontait, se livrait lorsque Mario nous laissait seuls. Elle avait du mal à rester sereine, sa voix s'étranglait. Sa souffrance était ravivée, mais elle se dominait, et il m'apparut que la crudité de mes questions la libérerait d'un fardeau trop longtemps porté. N'en sois pas choqué, je ne voulais rien d'autre que la vérité, c'était assez violent, sinon téméraire. Je ne prétendais pas à l'indiscrétion, et c'est pourtant ainsi qu'elle m'a fait lire des lettres qu'elle n'avait jamais montrées à ses proches. Elle ne s'était pas senti la force d'aller les chercher près de son lit pour les rapporter dans le salon où nous nous trouvions. Sans doute préférait-elle les garder pêle-mêle, comme un trésor sans fin : rassembler les papiers intimes, les photos, les porter au creux de ses mains eût été en mesurer le poids, en appréhender le nombre. Elle s'est simplement levée, m'a demandé de la suivre, et a ouvert pour moi sa chambre de veuve. De son bonheur-du-jour, elle a extrait plusieurs paquets liés par des rubans fanés. Elle a libéré les enveloppes datant du siècle passé, de cette époque où elle était si jeune. J'ai revu l'écriture tendue de Giovanni, et sa manière frémissante. Je me souviens de ses mots, comme d'un poème : « *Bice, ma bien chère, prends donc, oh ! ma très aimée, ces humbles fleurs, ces violettes, symbole d'un brûlant amour, que j'ai cueillies dans l'unique pensée de toi. Et que vienne jamais un printemps où je ne te les offrirai pas, alors, ne me cherche plus parmi les vivants. C'est toi qui les cueilleras à chaque printemps. Et tu viendras là où j'attendrai, paisible, dans la chaude tiédeur de ma tombe, que bruisse doucement ta robe, et tu les répandras au sol.* » Je ne pouvais m'arracher de ces lignes, des images qu'elles induisaient en moi. Bice, d'un geste très doux, me reprenait la lettre. Elle cherchait dans son bonheur-du-jour. Les yeux brillants de larmes, elle me tendait des photos anciennes. Et je retrouvais les années enfuies : devant la baie ouverte du chalet Kuoni, le chevalet portable où Giovanni avait pendu négligemment sa veste… là-bas, la lumière des neiges éternelles… et puis la lourde ligne du Maloja Palace où les distingués visiteurs étaient descendus. Je voyais un homme superbe, le Montesquiou de mon enfance, prendre la pose. J'en avais gardé un si vif souvenir ! Il avait l'intention ce matin-là de se rendre au château Belvédère, puis après un frissonnement devant l'à-pic du val Bregaglia, d'aller contempler les marmites de géants, ces « chefs-d'œuvre de la période glaciale », creusées par les eaux vives, en entonnoir, dans la pierre. Cela l'enchantait ! Il avait opté pour un chapeau tyrolien, une culotte de velours, des chaussures de montagne, et changé sa canne à pommeau d'argent pour un alpenstock des plus rustiques. Segantini, quant à lui, avait depuis longtemps épuisé ces plaisirs. Bice me montrait un cliché pris en contrebas qui donnait le vertige : Giovanni ne trouvait de joie que sur les chemins lézardés des crêtes, dans le perpétuel danger d'éboulement des roches gélives. Et cette photo encore, où il surgissait en masse noire, le regard luisant, la barbe hérissée. Lors même que la neige devait étouffer tous les bruits, il marchait avec son aigle brun sur l'épaule, en sauvage connivence ; et l'oiseau de haut vol soudain s'arrachait à lui, planait au-dessus des forêts pour lui rapporter d'étranges prises, des petits carnassiers à la robe tachée de sang ; mais aussi pour revenir seul, les ailes vibrantes, avec, à la pointe poisseuse du bec, la simple trace de la mort donnée. Qui a tué Segantini, disparu dans des circonstances atroces ? Tu voudrais le savoir, n'est-ce pas ?

J'ai suivi le chemin qui mène au cimetière de la Maloja. Une pluie fine, opiniâtre, détrempait la terre. « Neuf mois d'hiver, trois mois de froid ! » disaient les gens du village, et pourtant, ce jour-là, il faisait si doux ! La Maloja alanguie sur ses eaux dormantes a d'imprévisibles sursauts de traîtrise, des éternités blanches d'avril où rien ne bouge, rien ne rompt, jusqu'à la brusque débâcle, et puis des gelées scintillantes d'août, des tempêtes de neige de septembre, mais aussi cette implacable tiédeur… Glaise luisante, mélange d'humus et de viscosité, herbes couchées de l'été trépassé, vent de sud-ouest s'engouffrant dans le couloir des lacs qui reflétaient un ciel gris fer : *Silsersee... Silvaplanersee...* et là-bas, couronné de nuages dans l'épaisseur de la chaîne bernine, le Schafberg, gonflé et lourd comme un colosse endormi.

J'ai suivi le chemin du cimetière, agité par les paroles qu'avait prononcées Bice. J'ai caressé la fleur de lys ébréchée, rongée de rouille, qui surmonte la grille. J'ai poussé le vantail englué de boue. J'ai parcouru l'allée. Mes brodequins faisaient un bruit de succion dans la terre – pourquoi faut-il que le grotesque n'abandonne jamais le tragique ? Et quelle oppression à l'approche de la tombe, l'angoisse de la forme devinée... Je portais un bouquet de violettes. Ma pensée voguait vers Bice dont les confidences instillaient en moi sa propre douleur. Elle m'avait raconté sa séparation d'avec Giovanni, au chalet Kuoni, avant qu'il ne monte vers sa baïta. C'était il y a tout juste seize ans, au mois de septembre, on pouvait presque en célébrer l'anniversaire... La neige avait déjà pris possession de la haute Engadine. Giovanni s'était réveillé de sa sieste, le corps moite et la sueur au front. Il s'était dressé sur son lit, avait posé ses paumes sur son visage qu'il avait frotté avec une lente vigueur. Il avait pressé ses paupières, les globes mouvants de ses yeux, puis, prenant enfin conscience que Bice était dans la chambre, lui avait décrit un rêve dont il avait peine à émerger. Il se voyait partie prenante du tableau qu'il achevait, le troisième panneau du triptyque *La Vie, La Nature, La Mort.* Il se voyait – comment t'expliquer ? – à l'intérieur et à l'extérieur de *La Mort* qui le hantait depuis plusieurs mois, et à laquelle il travaillait avec une lente délectation. Au-dessus des crêtes glacées, dans un ciel d'azur, il avait peint un nuage saturé de soleil, une énorme boule d'or qui absorbait toute lumière et portait sur l'espace une ombre funèbre. La neige était d'un gris ondoyant et froid. A la droite du tableau, en contrebas et à demi enfouie, une maison de pierre au toit écrasé de neige, aux volets clos. A l'entrée, trois femmes en prière. Sortant de la maison, courbées par l'effort, deux formes voilées de noir transportaient un corps enveloppé d'un linceul. Sur le tertre glacé, fléchissant l'encolure, un vieux cheval attendait, attelé à un traîneau. C'était là qu'on allait poser le mort. « C'était moi..., avait-il murmuré à Bice. Je me suis vu, allongé à même la barre. On a donné le signal du départ, il y a eu le premier coup de collier, puis les brancards ont oscillé au rythme du cheval. Les formes noires me suivaient. C'était irréel et violemment présent... J'étais à la fois spectateur et victime de ma propre mort ! » Giovanni s'est arrêté quelques secondes, tandis que Bice le contemplait avec un sourire impénétrable : elle songeait à son goût pour les voyantes et le trouvait assez puéril. Mais il ne s'en apercevait pas, errant encore dans son cauchemar : « L'une des formes noires s'est approchée. Elle a écarté son voile. C'était toi, Bice ! Les larmes roulaient sur tes joues, et l'éternité que je ressentais était triste et belle. J'ai rêvé les yeux grands ouverts, tu sais... » Elle a haussé presque imperceptiblement les épaules. Giovanni, cette fois, l'a vu. Il s'est énervé : « Je te jure ! Tu croyais que je dormais, que je faisais la sieste ! Mais non ! J'étais éveillé !... » Pauvre Bice, qui n'y comprenait rien ! Elle l'a considéré d'un air stupide, désemparée par ses mots, tandis que, pire encore, sa pensée s'apprêtait à les effacer, pour n'avoir pas à en rire. Alors Giovanni s'est levé brusquement et s'est retranché dans son atelier pour observer la toile qu'il allait faire transporter au Schafberg, comme s'il lui fallait scruter d'urgence, et pour une raison essentielle, cette scène de cauchemar, déjà si avancée.

Pauvre Bice, qui ne discernait rien, qui ne devinait rien, pauvre sourde, pauvre aveugle ! Ce que je saisis ô combien ! aujourd'hui, mais qu'elle ne pouvait entendre, c'était la hantise face à l'œuvre, lorsque se clôt une époque, lorsqu'on ignore s'il y aura un futur, et qu'on pressent la mort parce qu'on la sait enracinée au cœur même de la création. J'ai toujours pensé sans orgueil que les artistes sortent du lot commun en ce que leur souffle est chevillé à ce qu'ils doivent au monde : nos périodes, nos transitions, nos premières morts sont multiples, elles ne préparent à rien, elles ne sont qu'héritages pour les vivants. Et c'est ainsi qu'avant l'horreur de cette guerre j'ai eu, moi aussi, ma part de visions intimes. L'art me dévorait ; plus je me pressais pour mettre à profit l'avenir, plus cette flamme aspirait et consumait le temps. Je me voyais, tel le dormeur, courir dans un couloir dont les parois vivantes se resserrent. Et voici la sensation, l'accablante angoisse : je m'élance vers une improbable liberté, un bonheur laiteux, opalescent, et plus j'accélère, plus les parois m'enserrent. Je ralentis, le mouvement se relâche. Mais non, il faut poursuivre, vite, vite, exécuter l'œuvre pour laquelle j'existe, et qui porte ma fin. Et je reprends la course qui m'enferme et me broie. Et mes forces déclinent. Et je suis impuissant à dire. Et il faut mourir. Et tout est fait. Et rien n'est accompli. Et je suis si fatigué…

Tandis que mon parrain, deux jours plus tard, partait pour le Schafberg avec Mario et que Bice préparait ses bagages pour Milan, la brève scène où ils s'étaient heurtés semblait oubliée. Ils échangèrent un baiser tendre. Mon Dieu ! Si elle avait su ! Si elle avait su ! Maintenant, chaque fois qu'elle prononce ces mots, ses lèvres tremblent. Ils se quittèrent presque distraitement. L'esprit de Giovanni était ailleurs et Bice ne s'en souciait pas. Le lendemain matin, tandis qu'elle se réveillait à Milan, la glace du Schafberg crissait sous les pas des ouvriers qui ajustaient la structure de rondins destinée à l'immense toile de Segantini. Il était impatient, lui qui avait réalisé l'essentiel de ses désirs. « Alors, ça y est ? » répétait-il sans cesse. Son brasier de fonte portatif, gorgé de charbon, laissait échapper une fumée mince. Il installait son pliant, tripotait ses couleurs. Quand le tableau fut enfin placé, Baba lui demanda ce qu'il souhaitait pour le déjeuner. Il l'expédia : « Tu m'apporteras du pain bis, une boîte de viande Liebig et de la limonade. »

Sous un ciel bas, il se mit à l'ouvrage. Il circulait dans son paysage, le gris funèbre, l'énorme boule d'or, tandis que s'annonçait une lointaine tempête. Baba lui apporta ce qu'il réclamait. La limonade fut bientôt bue, mais il n'avait pas vraiment faim. Quelque chose le gênait dans sa neige. D'un coup de pouce, il pressait la boîte de céruse, le blanc perlait, qu'il raclait avec son couteau de poche. Le blanc de plomb, poison mortel... Quelques instants plus tard, il essuyait son canif sur le velours côtelé de son pantalon, puis le plongeait dans le Liebig pour étaler la viande sur le pain bis. Quelle nonchalance criminelle dans ce geste ! Pas un seul peintre au monde qui n'eût été averti du danger par les vieux maîtres. Et là, à pleine lame !

Au déclin du jour, avec la tempête, il rentra, blême et transi. Il avait eu soif et avait bu de la neige. Ses cheveux et sa barbe étaient constellés de glaçons. Il demeura quelques secondes immobile dans son fauteuil de bois. Il demanda à Mario de lui retirer ses bottes. Ses jambes étaient inertes. Son ventre lui faisait mal. Avait-on idée, aussi, de rester dehors la journée entière pour revenir les yeux injectés et les lèvres bleues ! Baba bougonnait en lui servant une soupe épaisse, pendant que Mario lui préparait du vin chaud. Mais Giovanni ne voulut rien prendre. Il se sentit plus mal encore et se coucha, gardant auprès de lui une veilleuse, tandis qu'aux carreaux de la baïta la tempête vomissait une nuit blanche. Il traversa les heures dans la souffrance et la fièvre.

Le lendemain matin, très faible, il demanda à Baba de l'aider à se rendre sur son lieu de travail. Il s'appuyait lourdement sur elle, une main crispée sur son ventre, et comme affalé. Enfin arrivé, il s'assit sur son pliant et regarda la gouvernante dépouiller la housse chargée de neige poudreuse. Elle voulut rester auprès de lui.

« Va-t'en ! » lui dit-il. Et sa voix était si hostile qu'elle prit peur et n'insista pas. Une heure plus tard, elle revenait à pas prudents. *La Mort* était achevée. Segantini avait posé sa palette et fermé sa boîte de couleurs. Recroquevillé sur lui-même, il s'était endormi. Il fallut le porter jusqu'au refuge. Le soir, vers cinq heures, la fièvre monta en flèche. Baba éloigna de lui le chauffage à alcool. Allongé sur son lit, Giovanni grelottait et brûlait à la fois, rejetant d'un geste brusque l'édredon de plumes. Il souhaitait, disait-il, qu'on lui enlevât les entrailles. Tout ce qu'il avait à l'intérieur ! Pas arracher, mais retirer simplement, écharner, nettoyer en douceur ; qu'il n'y eût plus entre le cœur et le sexe qu'une cavité tranquille, une caverne vide qui le laisserait enfin en paix. Non, il ne voulait pas voir le médecin. Non ! Il aurait fallu le chercher au fond de la vallée. C'était trop loin. Et puis « ça » passerait tout seul. Les heures s'égrenaient, Baba le suppliait. Il refusait avec une obstination animale. Le maître c'était lui… Qu'y avait-il derrière la lourde paroi de ce front, quel calcul obscur, quelle sorte d'attente ? Il m'a fallu tant d'années pour me poser ces questions, *fratello*, alors que depuis tant d'années résonne en moi une sourde alarme. Enfant, je n'avais pas l'esprit assez délié pour l'entendre, ni même pour en avoir l'intuition, j'étais trop souffrant, ma peau écorchée sécrétait de la lymphe pour faire barrière au monde. Mais voilà, je te l'ai dit, l'aube de ma vie reflue en moi et me révèle des paroles chuchotées, des souvenirs enfouis, comme certaines plaques voilées retrouvent leurs impressions au contact d'un grain de radium. Les récits de Bice et de son fils sont venus éclairer les ombres, les derniers jours de Segantini appartiennent désormais à mes derniers jours.

… Alternance de veille et de sommeil. Mario et Baba échangeaient des regards. Ils en arrivaient à souhaiter une aggravation – qu'il s'évanouisse seulement, ce diable d'homme, qu'il perde connaissance ! – pour alerter Bice et chercher des secours. Mais Giovanni, le visage creusé, le front trempé, gémissant au durcissement de son ventre, demeurait les yeux ouverts. Profitant de sa faiblesse à l'aube, Mario s'évada, dégringola la pente du Schafberg jusqu'à Pontresina et, de là, gagna l'hôpital de Samaden où officiait le docteur Bernhardt, collectionneur passionné des œuvres de Segantini. Mario expliqua, réclama en hâte des médicaments. Pris par ses urgences, le médecin fournit le nécessaire, en promettant de passer dès que possible. De retour au Schafberg, le gamin trouva son père au plus mal. Le vieil ours avait la carcasse solide, mais là… Bernhardt arriva en tout début d'après-midi. L'infection avait dégénéré en péritonite. Il était trop tard. Impossible de le transférer, non plus que de l'opérer sur place. Il fallait s'en tenir au traitement classique : ventouses scarifiées, vessie de glace, opium à haute dose. Combien de temps, combien de jours ?

Bice arriva enfin avec les autres enfants. C'était un dimanche, elle s'en souviendrait toute sa vie… A la demande de Bernhardt, le professeur Erb, de Heidelberg, était venu. Giovanni ne protestait plus. Sérum de caféine, huile camphrée, morphine. Quelle volonté anime celui qui veut mourir, dès lors que son corps ne lui obéit plus ? Mardi, il sortait de sa torpeur, se sentait mieux, presque reposé, l'esprit libre et joyeux... Oui, libre et joyeux ! car la rémission consentie se savoure. Il demanda à être porté à la fenêtre, disant qu'il voulait voir ses montagnes. Il resta ainsi longtemps. La neige fraîche des dernières tempêtes avait donné au Schafberg une virginité vaporeuse… Je me souviens de mon attente à Milan lorsque, sans me douter de rien, j'espérais son retour ; je me souviens de l'amour que je lui portais, à mon ogre de parrain, à Giovanni qui disait tant espérer de moi, et n'obtenait souvent que des silences gênés de ma part ; je me souviens de la voix tremblante de Papa à l'énoncé du télégramme, *Segantino décédé,* et du haut-le-corps de Maman ; mais il était trop tard pour nous faire sortir de la pièce. Elle avait pâli tout soudain, sans prononcer une plainte, et plus j'y réfléchis, plus je me persuade qu'elle fut roidement admirable.

Segantino décédé, deux mots pour solder des heures interminables. La nuit suivant sa rémission, Giovanni sombrait ; mais l'agonie allait durer, à la mesure de son cœur qui persistait à battre. Ventre de pierre, frissons, fièvre, délire… Des phrases sans suite s'échappaient de ses lèvres, puis une lamentation répétée : il réclamait sa mère, sa mauvaise mère, disparue lorsqu'il était enfant, et d'autant plus mauvaise qu'elle s'était dépêchée de mourir pour le sacrifier, lui, l'innocent ! Dans sa divagation, il revenait au ventre, au refuge, au paradis perdu, et l'appelait comme il l'avait fait en secret lorsque, inspiré par un poème d'Illica, il avait peint de manière hallucinée une série de femmes à demi nues, pendues dans les airs, accrochées par les cheveux à des arbres morts, avec à leurs seins des nourrissons monstrueux parce que dévorateurs, des bébés cannibales dont on ne voyait que la tête clouée au mamelon, et dont on ne pouvait savoir s'ils en aspiraient le lait ou le sang, ou bien s'ils s'apprêtaient à le trancher, ce tendre embout de chair, pour l'avaler, et par là même se détacher, emportés par le vent qui soufflait en tourmente sur la plaine de givre. Les arbres noirs étaient brûlés, tordus. Les femmes pendaient. Dans le lointain, d'anciennes formes captives flottaient, nébuleuses et fantomatiques. Je me rappelle mon intime horreur lorsque j'ai vu ces tableaux. Mon parrain m'a regardé bien en face, les yeux trop ouverts, manipulant les toiles, annonçant leur titre avec une complaisance cynique, c'est-à-dire un grand air de candeur : *Les Mauvaises Mères numéro 1, numéro 2...* Il n'avait pas cité les vers d'Illica mais prononcé une phrase assez étrange où il était question d'être exposé à l'arbre du vent, d'être blessé d'un coup de lance, puis offert soi-même à soi-même.

Durant presque deux jours, dans un délire ardent, Giovanni rêva que sa mère était revenue ; et ce fut un avant-goût de la délivrance. Les amis arrivèrent : Dalbesio, Servaes... Bernhardt ne quittait plus son chevet. Bice prenait de l'eau dans la cuvette, le lavait, accomplissait des soins pénibles. Dans la nuit du jeudi, ouvrant les paupières comme s'il reprenait connaissance, il ne prononça en vérité que des mots aveugles. A l'aube du vendredi, il rendait l'âme.

Dans le sentier à pic, son corps enveloppé d'un linceul fut descendu sur un brancard. Bice le suivait, la tête couverte d'un châle noir. Parvenu à la vallée, il fut placé dans un cercueil posé sur un traîneau. Quand le cheval, sur un dernier coup de collier, acheva sa route, le glas sonnait à la Maloja.

... A quoi servent les lourdes chaînes qui enclosent les tombes ? Les étrangers y placent le pied, d'autres les franchissent, et j'ai senti mon cœur se pincer quand j'ai marché malgré moi sur des violettes desséchées. Je les ai arrachées de la glaise de mes semelles, et me suis approché plus encore. Vers la dalle mortuaire, j'ai tendu mon bouquet de fleurs fraîches pour cette visite à mon parrain des profondeurs, comme il l'avait prédit lui-même... Tant de sentiments mêlés, et comme avortés de par leur nombre, une angoisse physique et douce au fond de moi, l'entrelacs des pensées et des sensations, une sorte de magma où la matière, avec ses réactions intimes, gorge serrée, poitrine oppressée, palpitations, me porte et me domine, et où l'âme est indissociable du corps... Mais j'approchai les fleurs, et ma respiration se fit plus lente, mon esprit plus précis. J'invoquai Giovanni. J'appelais en silence l'ombre de Segantini, je la guettais sans impatience, je l'attendais en savourant dans cette atmosphère d'humidité, de terre et de pierre, l'éblouissante harmonie, l'affinité de nos destins face au temps accompli, face au monde qui nous abandonne avant que nous n'ayons décidé de le quitter nous-mêmes, face à tous ceux qui ne nous ont pas admis, et que nous avons mal aimés, puisqu'il y va aussi de notre faute. Sans doute ne fallait-il pas s'y complaire et rendre vivante la nuit du tombeau. Ce bouquet, personne ne le recevrait jamais ! Et pourtant, *fratello*, je n'ai pu m'empêcher de le poser à regret, avec l'ardent désir de sauter hors de la vie, pour saisir la main de la mort.

Tiens, revoilà le sang. Comme la première fois, silencieux, indolore. Barbara s'en était effrayée. J'allais la revoir, et soudain, dans le train qui me conduisait en France, ça recommençait. Je revivais les heures blêmes de Milan lorsque j'étais en alerte, assis sur mon lit, ou arpentant l'espace entre la table de toilette et la fenêtre dans un état d'exaltation extrême. Jusqu'à l'aube suivante, le linge souillé s'était amoncelé. J'en avais été le receleur et la victime, avec une sensation douceâtre où la répugnance le disputait à l'émerveillement. Découverte de nos mystères, de nos cavernes…

Le médecin de la via Eustachi avait d'abord diagnostiqué une inflammation des bronches. Quelques jours plus tard, promenant lentement son stéthoscope, il avait fait la grimace, pour se perdre dans le flou, et dire que ce serait long. C'est alors que je me suis revu un petit matin d'hiver, dans une rue, refusant de me découvrir devant un corbillard, pour rêver au passage d'une simple diligence. Je m'en fous, je ne ferai rien. J'ai le droit, moi aussi, d'avoir mes tentations.

… Ettore et Barbara, Barbara et Ettore. Je songeais à vous plus qu'à moi-même. Les proverbes ne sont pas toujours vrais – loin des yeux, loin du cœur, partir, c'est mourir un peu : ces mots ne vous concernaient pas, puisque je tournoyais depuis des mois dans une obsession triangulaire, où se mêlaient la passion, la trahison et la honte ; la légèreté, le calcul et le mépris. J'arrivai donc à Paris en ce début d'automne. Les marrons rebondissaient sur les pavés, boulevard du Montparnasse. Je me souviens d'un jour jadis où Worst faillit en recevoir une volée sur la truffe. Paris-sur-rousseur… J'ai marché comme les gosses, en traînant les pieds dans les feuilles. J'ai repris mes marques au carrefour Port-Royal : la station de métro avec son faux air de gloriette estivale ; le méridien de Paris dont la ligne virtuelle relie le dôme de l'Observatoire au cœur du palais du Luxembourg ; et puis, en avant-garde de La Closerie, la statue en pied du maréchal Ney, sabre au clair, œuvre signée de Rude, magnifique absolument, avec, comme l'a dit un poète, plus d'esprit dans sa botte de bronze à demi levée qu'aucun critique n'en aura jamais sous sa plume. La Closerie malgré la guerre n'a rien perdu de sa nonchalance : les garçons continuent d'effacer d'un coup de torchon souverain les chefs-d'œuvre tracés à la craie sur les tables. Elle n'a rien perdu non plus de son brillant. Elle a réveillé en moi l'inquiétude de devoir saluer à nouveau les beaux esprits de l'art et du journalisme, et de ne plus savoir appeler quelqu'un son ami. Nous avons évoqué cela, la comtesse Greffülhe et moi, au cours de ma première visite au duc de Guiche. D'elle j'ai appris ceci : lorsque beaucoup de temps s'est écoulé depuis que l'on n'a vu une personne, il faut agir avec précaution, tout comme on entre dans la mer.

Le duc t'a placé sous sa protection. Il m'est bizarre de t'y rejoindre. Autrefois, j'aurais eu une sorte de préséance, mais en moins de deux ans l'art s'est précipité dans un creuset de phosphore et d'acide. L'axe de la Terre s'est déplacé. Le feu lancé par tes avions nous prépare à d'autres révolutions. La création se métamorphose, la séduction s'efface au profit de la violence, l'explosion se hisse au rang de forme esthétique. Si je devais réchapper de cette guerre, vois-tu, je mourrais à brève échéance. Toi, avec ton génie, tes capacités visionnaires, tu vaux de l'argent, comme on dit dans les banques, et la France te réclame, tandis que moi… Le fait est là, *fratello* ! Quand Armand de Gramont déambule parmi ses collections de l'avenue Henri-Martin ou du château de Vallière, quand il me fixe mais que, sur le bleu du regard, la ligne très droite de ses sourcils se fronce, je peux tenir pour certain qu'il est perdu dans une équation de physique. Il est au-delà de moi. Il est en phase avec son temps, celui de la désintégration et de l'efficace. Son intérêt pour la sculpture, je le sens, passe par les lois de la réfraction de la lumière. Ai-je tort ?

Mon christ sera façonné. J'ai trouvé mon modèle grâce à l'ami Salmon, qui habite maintenant au 6, rue Joseph-Bara. Combattant des premiers jours, tu imagines combien il savoure ses moments parisiens ! Dès qu'il a su que j'arrivais, il est allé faire une danse du ventre à Mme Salomon, la concierge du 3, pour s'assurer d'un local qui venait de se libérer. Elle l'a laissé venir. C'est une épouvantable vieille tassée et large, au visage effondré, aux cheveux moussus noués en crotte grise, au châle plucheux, aux jupes crasseuses, un tyran de couloir, un dragon d'escalier. Rien ne lui échappe du haut de sa loge juchée au-dessus du porche ; de jour comme de nuit, car elle dort sur le palier ! Elle terrorise son monde et ne supporte que Kisling – Kiki pour les intimes –, le peintre polonais du troisième qui se remet d'une blessure en pleine poitrine reçue alors qu'il était à la Légion. Il la débusque en rigolant. Il l'appelle « madame Marie » en roulant langoureusement le *r*. Elle prend alors un air excédé pour cacher sa confusion, et lui donne du « monsieur Moïse »... Salmon s'est recommandé de lui. Il a su trouver les mots, il a été modeste et patient et, comme je suis trop fluide pour éprouver de l'effroi, que je manque de chair à mordre, elle m'a réservé l'atelier à vantaux verts donnant sur la rue, à droite en entrant, avec ses deux petites portes à flanc de couloir.

Je me présente. Elle me toise. Dans son œil couleur d'huître de sa Bretagne natale, baigne une lumière pâle qui autorise un mince espoir. « Monsieur Bugatti, vous êtes ici grâce à M. Moïse. » Et dans cette phrase-là, vois-tu, il y avait un océan de tendresse. Quand tu rencontreras Kisling, observe ses prunelles sombres, brûlantes, immenses. Il sait en jouer, l'animal ! Dans l'iceberg du cœur de Mme Marie, il a allumé une flamme qui a créé en elle une poche d'eau tiède... Je me suis installé au plus vite, sans rechigner sur l'étroitesse du lit, l'ébréchure des faïences, la poussière. Comment dis-tu ? Ça gaze ! Justement, à tous les étages ! Le duc m'a donné de l'argent. En attendant de découvrir mon futur christ, j'ai brossé quelques peintures, comme à l'automne 14, à Anvers, avant l'offensive. Je m'y étais essayé, ce n'était pas mal du tout, j'espérais progresser. Eh bien, c'est raté ! Alors je me suis amusé avec des caricatures. Novembre nous imprégnait de ses pluies. Quand j'ai parlé de mon christ à Salmon, que je lui ai détaillé ce que je voulais, un grand gaillard émacié, de type méditerranéen, juif, espagnol ou italien, il m'a proposé en riant de passer une annonce : « Cherche Dieu et ne le trouve pas parmi les hommes ! » Bon prince, il a prospecté le quartier. Les modèles italiens ont été expulsés l'an dernier comme étrangers sans profession ; depuis, certains sont revenus mais, pour eux, ça n'est pas facile. Tu sais ce qu'on répète ici : un Italien : un chômeur ;

deux Italiens : *combinazzione* ; trois : la fuite ! Et sitôt que ton accent est décelé, on te soupçonne d'être un déserteur. Salmon avait entendu parler d'un Napolitain qui pouvait m'intéresser. Pour ça, il fallait s'adresser à Lili qui posait chez les peintres et dans les académies. Je l'ai rencontrée pour la première fois chez Papa Libion, à la Rotonde. Salmon me l'avait décrite, je l'ai reconnue sans peine. Elle n'était pas farouche Lili, vraiment bonne fille, avec pour seul vice une sale propension à l'éther. N'importe, elle avait quelque chose de chaud et d'érotique, une peau comme de la lumière qui attirait les artistes. Ils la regardaient tel un beau morceau de viande à l'étalage, et les marchands de passage s'y rinçaient l'œil. Elle hantait la colonie, se déshabillait dans les ateliers et prenait plaisir à respirer la peinture, l'huile de lin, la térébenthine alliées au brouillard du tabac et des poêles tisonnés, ainsi qu'aux remugles de certains corps mal lavés – comme si la crasse permettait de lutter contre le froid ! Je l'ai vue nue quelquefois, elle était éclatante, vraiment, et j'ai pensé : « Garde donc tes bas, Lili, si tu gèles ! Ça leur fera un exercice de style… » Mais les autres voulaient de l'à poil, de la chair partout. Beaucoup font l'amour avec leurs modèles, pulpeuses, ou minces garçonnes coiffées à la chien, et elles s'y résignent pour rester dans le métier. Pas toutes ! Mais ça permet d'avoir une identité face à la police. « Nom, prénom, qualité… » Dommage. Lili posait de jour, le reste du temps, au gré des sergents de ville et des garnis, elle arpentait le trottoir. Lorenzo le Napolitain était sa gueule d'amour. Les titis du quartier, quand ils les repéraient, le visaient en ricanant, et le surnommaient « peau d'hareng », mais à mi-voix, parce qu'il avait les épaules larges… et d'ailleurs ils avaient tort. Il ne la protégeait pas pour le turbin, seulement quand c'était nécessaire. D'homme à femme. De cavalier à dame de cœur. Lili le voyait s'inquiéter de la guerre, il suivait nerveusement les nouvelles du front, lisait les communiqués des états-majors, une sorte de panique lui ravageait le mental. Il n'avait pas peur de la castagne des rues, Lorenzo, non, ce qui le liquéfiait, c'étaient les lèvres des tranchées, les obus et la mort. Il se décharnait, se laissait pousser les cheveux et la barbe. Il était âgé d'un peu plus de trente ans et avait échappé aux premiers contingents, mais il était venu à Paris pour ajouter de la distance. Les soirs de trop forte angoisse, il se saoulait, et accroissait d'autant ses remords. Il avait l'alcool honnête et patriotique, il évoquait l'Italie, le devoir sacré. Lili, à l'écouter, se faisait un sang d'encre. Elle se tordait les mains : « Arrête donc, c'est des foutaises, tout ça, Lorenzo, faut pas partir ! Les autres, je comprends, mais toi, c'est pas pareil ! T'es trop vieux pour le fourbi du soldat ! T'es trop jeune pour mourir ! T'en va donc pas, je te dis ! Laisse passer le temps, ils t'appellent pas, là-bas, ceux de chez toi, hein ? Ils t'appellent pas encore, alors t'as pas besoin, t'as pas besoin, t'entends ? Me laisse pas, m'abandonne pas, je veux pas rester seule. Sans toi, qu'est-ce que je vais devenir ? » Le lendemain, tout était oublié ! « Ton christ sera rien de moins qu'un maquereau », m'a annoncé Salmon.

La croix a été fabriquée par le charpentier qui travaillait au château de Vallière. La couronne d'épines, enveloppée dans un molleton, était tressée avec des tiges de rosiers du parc. Curieuse livraison rue Joseph-Bara ! Dès notre première entrevue, le duc m'avait remis des clichés du saint suaire. Du négatif tiré sur papier surgissait l'image blême d'un homme de type sémite, aux yeux clos, au visage barbu, d'un mètre quatre-vingt-un, nu et couché. L'empreinte reflétait les tourments subis : couronne, flagellation, coup de lance, clouage avec mouvement réflexe du pouce rétracté – « important, cela », m'avait précisé le duc. Enfin, écorchures aux genoux, clous dans les pieds, et surtout marques de torsion du corps due au crucifiement. Un examen attentif des agrandissements révélait une brisure du nez, peut-être suite à un coup de bâton dont la trace se prolongeait sur la joue. Je ne porterais pas tous ces stigmates, sauf une unique larme, je l'avait décidé, mais une chose était sûre : j'échapperais au baroque ! Mon christ serait moderne et scientifique ! Lili est venue aux premières séances. Sa présence m'a rassuré alors que j'attachais Lorenzo, les hanches ceintes d'un pagne. Elle s'amusait à nous entendre parler italien, elle encourageait son jules, l'engueulait dès qu'il voulait bouger – « Faut ce qu'il faut, quand on est modèle ! » – et conférait à cette situation malsaine une sorte de normalité, de légitimité fondée sur l'acceptation, alors que le charbon rougeoyait dans le poêle.

Début décembre, l'ouvrage avançait avec lenteur. J'avais retrouvé ma puissance mais je traînais dans l'exécution. J'ai abandonné le *fa presto,* je travaille désormais en masse, d'où cette pénible besogne. Au Jardin des Plantes où j'ai façonné une tigresse écrasant un serpent, cette tendance s'est confirmée. Mes modelages s'épaississent et s'immobilisent. Les jours passent et mes ressources s'amenuisent. Pas question d'aller quémander une rallonge avenue Henri-Martin. Tu y déjeunes souvent avant de filer sur Levallois-Perret où le duc transforme son laboratoire en usine. Je me suis laissé dire que vous êtes sur un gros coup d'aéronautique avec Émile Dorand. Tout ça doit coûter très cher… Hébrard a beau avoir fermé sa fonderie – mes travaux iront chez Valsuani –, je savais qu'il continuait à vendre. Peut-être me prêterait-il de l'argent ? C'est avec cette supputation famélique, cet espoir-chacal que je suis allé à la galerie voir Mme Serrières. Elle a haussé les épaules : « Mon pauvre Bugatti, vous n'y pensez pas ! Nous ne sommes pas en compte ! Et vous voulez une avance alors que nous survivons à peine ? C'est la guerre ! » Elle a eu ce mot ! Comme si elle avait prévu que cette rencontre serait la dernière, qu'elle me dégoûterait assez pour m'empêcher de revenir. « Mon pauvre Bugatti » ! La nausée me prend, j'ai envie de vomir toute ma vie.

J'étais à deux pas du Grand Hôtel, j'avais besoin de voir Rina et les enfants. L'après-midi s'avançait. Jean était dans votre lit. Il souffrait d'une angine, le petit Titi ! Assises à la table-bouillotte, l'Ebé et Lidia se délectaient d'un numéro du *Miroir*, où figurait en pleine page le bombardement par l'aviation française d'une usine de gaz asphyxiants. Les têtes des ouvriers allemands fondaient, des corps jonchaient le sol, des silhouettes, les mains plaquées au visage, fuyaient des flots explosés de liquide et de fumée sépia. On annonçait quarante-deux morts, plus le directeur et un colonel. « Ce brillant exploit de nos aviateurs a été accompli dans des conditions atmosphériques défavorables… » L'escadrille repartait haut dans le ciel. Lidia était un peu déçue : « Pourquoi c'est pas une photo, pourquoi c'est seulement un dessin ? – Parce que s'il y avait eu un photographe, il aurait été gazé, tiens ! Et il aurait cramé avec ! » Voilà le dialogue, avec pour seule morale le fait que les Boches ont été punis par où ils ont péché. Que faisait ce journal entre les mains de tes filles ? Bon sang, Ettore, préserve un peu l'enfance ! Où étais-tu ? On ne te voyait plus ! Et Rina avait les yeux rouges. Tu travaillais d'arrache-pied et, sous prétexte d'aller à Vallière, tu faisais l'amour à l'Hôtel des Artistes, à Mortefontaine. L'amour d'arrache-cœur. Tu battais la campagne en regrettant l'époque où tu logeais seul au Grand Hôtel. C'était pratique ! Il suffisait de traverser la place avec, à ton retour, la pièce glissée au chasseur. Les petits rats du palais Garnier, la sortie des choristes, les oiselles du beau monde, les juives opulentes du Sentier. Chaudes, charmantes, oh oui ! La nuit, tous les chats sont gris… gris souris ! Et puis ta famille est venue, et Dieu sait si tu l'aimes. Mais voilà, tu n'as jamais su résister à ta propre séduction. C'est une jeunesse qui t'occupe, n'est-ce pas ? Une chair drue et nouvelle qui te prouve que tu es vivant. Vivant ! Vivant !

Quelles sont tes intentions ? Tu joues l'indifférent, le mystérieux, tu laisses planer le doute. Et si, effectivement, tu allais ficher le camp ? Correctement, bien sûr, côté finances. Tu vois, je laisse mes mots au ras des pavés. Les jours passaient avec les propos rapportés, les bruits galopants ; et du côté de Rina, les cris et les menaces. Tu faisais le matamore : « Une de perdue ? Un coup de pied dans un réverbère, il m'en tombe dix ! », et autres platitudes que j'épargnerai à ton souvenir. Je sais cela, tu t'en doutes, parce qu'il y a un stade dans la souffrance qui réclame ses témoins. Barbara se rappelait une soirée chez les Gramont où elle avait entendu une demoiselle de Cossé-Brissac évoquer la maturité des femmes. Elle enrageait de ne pouvoir l'oublier, tant les mots avaient frappé juste. Je devinais bien ce qu'elle voulait dire. Elle considérait au plus bref le bilan de sa vie : une carrière lyrique avortée, un mariage de sept ans achevés, chiffre des bouleversements, plus trois enfants – depuis que le monde est monde, les faire ne coûte pas grand-peine aux hommes. Elle restait belle, évidemment, mais le visage un peu plus lourd, les épaules plus charnues.

Quelque chose dans le regard, aussi. Et puis deux lignes au coin des lèvres. Il y avait ce qu'elle considérait avec humeur, la poitrine et la taille plus amples au laçage du corset, et ce que les autres ne voyaient pas, la peau un peu lâche à l'arrière des bras, ou en haut des cuisses, là où elle est si fine. Elle guettait les commentaires : « Elle est superbe, pour son âge. » Elle imaginait aussi les petites grues : « J'ai vu ta femme à l'Opéra, dis donc, quelle ruine ! »

Nous étions au café Weber, rue Royale. Derrière Barbara marquée par le chagrin, je voyais l'élégante Mlle Decori, l'amie de Poincaré, de D'Annunzio, de Troubetzkoy avant son exil en Amérique, jolie femme s'il en fut, et très jetée en politique. Te rappelles-tu ? Je t'en ai dit quelques mots. Quelle étrange apparition ! Et quel chemin accompli, qui ne nous rapprochait de nulle part ! Elle m'avait tendu sa main parfumée – c'était il y a quatre ans. Elle avait penché vers moi son profil charmant, et les heures que j'avais passées à la modeler m'avaient fait méditer sur notre condition d'esclaves. Mlle Decori appelait au rêve diffus et sans espoir, à ce vagabondage du désir qui n'implique pas l'être, mais qui l'exaspère. C'est ainsi : quand une silhouette aperçue dans la rue me fait bondir le cœur, et que, la dépassant pour l'envisager furtivement, la belle ne se révèle plus si belle, je ne puis m'empêcher d'en être soulagé ! Or, Mlle Decori, c'était tout le contraire, ravissante de loin, comme de très près. Pour elle, j'avais fait plusieurs allers-retours entre Paris et Anvers. Durant quelques mois j'avais reçu de ses nouvelles. Elle avait fait partie de mes étincelants souvenirs. Chacune de ses lettres m'avait rendu heureux et malheureux, car elle était bien méchante en de certaines choses… Ma pensée s'évadait vers elle tandis que je me penchais vers Barbara. Le Weber était bruyant, Rina parlait si bas que je l'entendais à peine… Mlle Decori était à profil perdu, fidèle à soi-même. Estimait-elle, à l'époque, que j'aurais toujours la force de construire dans la solitude d'âme où je me trouvais ? La guerre n'était pas même à l'horizon que mon cœur me donnait l'impression de ces fruits qui mûrissent trop sur l'arbre et, ayant toujours cette envie, finissent par se ratatiner sur leur branche. Le soleil les séchait, moi, c'était la solitude. Pensait-elle que je pourrais travailler et « faire des œuvres magnifiques » pour moi seul, comme elle m'en priait ? Ce ne sont que les égoïstes qui agissent de la sorte. Je trouvais, moi, avec cette naïveté dont je suis incapable de me départir, que l'artiste devait produire pour son idéal, dont je savais que je ne le tenais pas encore. L'espérance seule me poussait à continuer. Or voici que j'étais revenu à Paris, avec au bout de mes doigts un christ en souffrance, avec si près de moi une femme bouleversée, avec en perspective, mais hors d'atteinte, cette splendeur intacte. Dans l'atmosphère chaude, sous la voilette, à la naissance des cheveux relevés, j'observais sa nuque souple. Elle a senti mon regard, son visage s'est orienté vers moi. J'ai alors eu une hallucination : j'ai senti son parfum ! Mais c'était impossible, nous étions trop éloignés l'un de l'autre.

En me reconnaissant, elle a souri et incliné la tête. Il était difficile, oui, vraiment, de nous demander de nos nouvelles… Barbara a tressailli. Elle s'est retournée. Mlle Decori n'offrait plus à ses yeux qu'un dos gracieux et inconnu. Un garçon posa un mince plateau d'argent sur notre table. Le Weber ne sert plus de chocolats viennois, il les a rebaptisés « liégeois » depuis que les Allemands ont massacré la Belgique. Sous la crème fouettée, je m'y suis laissé prendre, le liquide était brûlant.

En repartant, tandis que je poussais la porte vitrée, nous avons rencontré deux amies de Rina, quand soudain qui est arrivé ? Flor O'Squar. C'était la journée des surprises ! Je lui ai présenté ma belle-sœur, non sans une vague gêne, en songeant à l'estaminet d'Anvers. Mais c'était ridicule. Comment aurait-il pu s'en souvenir ? Nous avons bavardé. J'ai promis de l'inviter dans mon atelier. C'était un engagement sincère, vraiment ! J'ignorais que les heures qui suivraient m'empêcheraient de le tenir. Barbara et moi avons remonté la rue jusqu'à l'église de la Madeleine. La marchande de violettes était là, comme d'habitude, au pied des grilles, avec sa charrette et ses paniers. Rina a choisi un bouquet et, tandis que la brave femme lui demandait des nouvelles des enfants, elle a détaché une fleur qu'elle a glissée à ma boutonnière… Le soir, vous avez eu, elle et toi, une scène des plus pénibles. Le lendemain, un samedi, tu partais pour Pierrefonds avec les petits. Tu resterais jusqu'au dimanche soir. C'était mieux pour tout le monde.

Allais-je la revoir ? J'hésitais. Je te fais grâce de ces détails. Elle est venue au crépuscule. Le gaz diffusait sa triste lueur, je l'ai éteinte pour la chaleur flamboyante d'un candélabre. Barbara a parlé longtemps, elle a évoqué les appels téléphoniques, les papiers imprudents, les vestons aux poches retournées avant d'aller au nettoyage, les pochettes d'allumettes à l'en-tête de certains établissements, elle m'a confié son angoisse, son usure nerveuse face à ce qu'elle ne cernait pas – ou trop bien, hélas ! Elle ignorait combien de temps cela durerait. Peut-être des années ? « Mon cœur ne le supporterait pas », murmurait-elle et, au regard de ton attitude, le terme était déplacé. Son cœur ! Que restait-il entre vous deux ? Qu'était-ce à dire en particulier ? Qu'il y a les cœurs vibrants, soumis à l'ictus final, et les cœurs pétrifiés, où l'amour est plus fossilisé que les veines de certains marbres. Et moi, entre ces deux désespoirs, je ne savais où me situer, mais je songeais que l'aubier d'une femme est autrement plus tendre et vivace, et plein de sève, et longanime. Je me suis approché. C'est alors que nous avons retrouvé l'instant vécu quelques mois auparavant, tous les deux plus abîmés encore. C'était pathétique. Que fallait-il faire ? Je te le demande. Prier Rina à l'italienne, l'avertir de ne pas se laisser aller à son caractère trop femme, lui ordonner de se sacrifier éternellement à toi, mon cher frère, qui les rends tous bien heureux, et qui dès lors en tires orgueil ? J'ai une manière très personnelle de déplacer les responsabilités, n'est-ce pas ? Je ne savais plus ce que j'attendais d'elle, et elle, pas davantage. Dès lors, tout pouvait être obtenu. Quoi ? L'instant de grâce où le temps ressuscite ! Un rêve d'adolescence... Quoi encore ? Un retour vers le vrai futur. Mais quoi exactement, là, tout de suite ? La nudité furtive ! Je la tenais, elle sanglotait, je la serrais, elle pantelait. Accepte-moi... Oui, je veux oublier... Et moi je t'aime, alors que tu ne m'aimes pas, mais qu'importe, je veux, et tu te laisses faire, je suis abject et je jouis de toi, je reprends mon bien, je t'ai là sous mes doigts, je te possède enfin, et tu es consentante. A toi, maintenant, oui, à toi ! La nuit s'avance, se déploie, il est tard, rien d'autre n'existe que toi et moi. C'est ainsi : nous ne nous sommes aimés qu'à l'ombre de nos sens. Le lendemain elle a prononcé le mot divorce avec lassitude. Je l'ai entendu comme une malédiction, un arrachement fratricide, une libération chargée de honte. Comment regarder tes enfants, comment les accueillir ? Je l'aurais fait ! Mais quel espoir dans ce bonheur misérable, cette incestueuse alliance, ce pourrissement d'amour, ce dédale des mœurs et des sentiments ? Inconcevable. Et pourtant ! Et pourtant... je n'avais qu'à me choisir ou choisir de n'être plus. Tous autant que nous sommes, *fratello*, nous avons outrepassé la pudeur.

Deux semaines se sont écoulées. Si tu n'es pas venu me chercher pour le réveillon de Noël, c'est que le matin même elle t'avait tout dit. Mais pourquoi ? Parce qu'entre-temps tu l'avais entièrement reconquise. Tu avais assez promené ton monde, tu t'étais rapproché en douceur, présumant qu'elle ne te quitterait jamais, puisqu'elle était ta femme. Tu avais réfléchi, et tu l'avais surprise en exhibant tes plaies. Oui, c'est cela, le trait de génie ! Tu as manipulé ses sentiments en pariant sur l'éternel féminin : la compassion, l'acceptation, la soumission parfois, la maternité en tout cas, et l'angoisse des lendemains. Tu savais que tu la persuaderais parce que ta position était fragile, tu savais que tu surmonterais son impatience parce que la rupture ne dépendait plus que d'elle, tu savais que tu la dominerais parce que tu allais t'abaisser à ses pieds, tant il est vrai que tu es puissant en ce que tu es faible. Tu savais… et cette forfanterie m'exaspère. Non ! Fou que je suis, je te fais un procès de jaloux ! Tu as joué sur tous les tableaux parce que tu tiens à elle ! Et parce que tes enfants te sont chevillés au corps. Maintenant tu frémis d'orgueil et de colère. Mais imagine ce que je ressens ! Deux passions m'ont saisi à l'issue de cette âpre nuit. L'une, morale, qui m'enserre dans le mépris de moi-même et de mon incapacité à me fondre en une improbable vertu ; l'autre, charnelle, qui m'ensevelit dans le dégoût d'un acte sans autre issue que sa propre répétition, jusqu'à l'asphyxie, jusqu'au naufrage. L'une me fait désespérer, l'autre m'enlève toute envie de m'obstiner à vivre, et c'est dans cette morbidité que s'ancrent les racines de ma mort. Oh, Ettore ! Tu me trouves peut-être trop tendu, trop pensé ; non, ce n'est rien d'autre que le trop-plein du silence qui déborde ici, où les mots transcrivent enfin l'intensité que je ne saurais vivre.

Que t'a-t-elle dit ? Qu'elle te détestait pour ta trahison, mais aussi qu'elle ne m'aimait pas ? Quels souvenirs avez-vous évoqués, quelles mélancolies sur l'oreiller conjugal ? Et que lui as-tu asséné que nous ne sachions déjà ? Que je ne suis qu'un traîne-lattes, qu'un claque-patins sans avenir, et que je me suis conduit sans honneur ? Comment ai-je pu t'attendre, en pleine solitude, dans le silence et la faiblesse, avec en moi la souffrance du flagellant ? Et comment continuer à nous voir ? Joyeux Noël ! J'avais préparé mon compliment : Sois rosse avec les hommes, gentil avec ta femme, Dieu avec tes enfants, et bon pour les animaux…

Derniers jours de décembre. Ultime séance de pose avec Lorenzo. Cette fois, j'irai jusqu'au bout. Voilà ce que je me disais, maîtrisant mon visage, à l'instant où j'ouvrais la porte. Plus de charbon, plus de bois. Je l'ai fait se déshabiller en hâte, qu'il n'ait pas le temps de protester. Nous étions seuls. Je l'ai lié avec une prestesse de bourreau. Deibler le prescrit : pas plus de dix secondes entre la sortie du fourgon et la tête dans le son, sinon c'est de la mauvaise ouvrage. Je me suis reculé. Lorenzo, dévêtu, avant sa mise en croix, s'était ceint de la couronne d'épines, avec précaution, pour ne pas se blesser, mais de travers, d'instinct, comme il convient à un maquereau. Il ne lui manquait plus que la cigarette au bec ! J'ai ajusté sèchement l'accessoire en le faisant pivoter sur le crâne. Le geste ne fut pas sans conséquences. Lorenzo eut un cri bref, matérialisé par la vapeur qui s'échappait de ses lèvres. Du front et des cheveux ont perlé des stries de sang. Il aurait voulu les essuyer. J'ai refusé. Le froid a figé l'ensemble.

Au travail. Mme Salomon est là-haut, claquemurée dans sa crèche, elle a attrapé un coup de gel aux poumons et ne fait que tirer le cordon. Pour le reste, champ libre ! Je m'approche de l'effigie en cours, j'en respire l'émanation. Tu peux gémir ou sourire, *fratello*, en songeant que la dernière œuvre de moi qui comptera vraiment aura été un crucifié. Mais quel en est le sens ? Je ne suis qu'un pauvre sculpteur dont les mains dépassent l'esprit. Ce sont elles qui, sans les penser, conçoivent toutes choses – sublime stupidité de l'artiste. « Mon » christ, celui que je façonne, pourquoi n'y voir qu'une agonie ? Approche-toi à ton tour, regarde mieux, et rassure-moi ! Dis-moi que ce n'est pas par soif du néant que je dresse cette figure, mais en rêvant au troisième jour ; que ce n'est pas par désespoir que j'en perce le flanc, mais en aspirant à la vie éternelle ; que ce n'est pas par macération que j'étire et arque ce corps, mais pour exorciser l'acte que je m'apprête à accomplir ; car, au soleil noir de ma conscience, ma décision est mûre : je compte bien mettre Dieu de mon côté, en arrivant avec ce petit viatique ! Va savoir, hein ? Quand on nous racontait l'histoire de l'obole destinée à Charon, et placée dans la bouche d'un mort, j'ai toujours pensé, pour peu que le fleuve soit en basses eaux et que le cadavre se désagrège sur la rive, qu'alors la pièce de cuivre agitée dans le crâne ferait un drôle de grelot aux oreilles de qui la ramasserait !

Lorenzo posait. J'appréciais le poids de son corps à la tension des aisselles, à la dépression des clavicules, à l'abaissement de la cage thoracique, aux genoux aigus ; mais aussi au gonflement de ses veines, au halètement de son ventre, au naufrage de son regard. Lorenzo, bras attachés, pieds en suspens, se crispait ; la corde mordait ses poignets, ses chevilles ; je le maintenais dans ses liens, et c'est ainsi qu'après un très long moment, je veux dire au-delà du raisonnable, l'étincellement de sa haine fit à mon cœur un étrange cortège. J'étais donc capable de faire cela ! J'entendais ses griefs, et sans y déférer me dépêchais non par pitié, mais par honte. Je le réchauffais avec une couverture, des coups de gnôle donnés au goulot, pour le découvrir à nouveau. Il protestait de plus en plus, beuglait que je devais le libérer ; je ne cessais de lui répondre que ce serait bientôt fini, jusqu'à ce que la gêne en moi eût disparu. Plus ses récriminations se multipliaient, plus se raréfiaient mes mots pour le consoler ou lui faire prendre patience. Il pouvait s'époumoner, cela ne changerait rien à l'échéance. Non, rien ! Je ne l'entendais plus. J'étais trop absorbé. Le temps passait, ses plaintes décrurent, devinrent gémissements, soupirs. Puis il se tut, alors je lui redonnai à boire, encore et encore. L'instant où il laissa enfin retomber la tête, où sa posture n'exprima plus que la soumission fut propice à la vision d'ensemble : le Christ en croix, toujours vivant, dans ce merveilleux appareil que notre imaginaire remâche depuis que nous sommes au monde – nudité offerte, couronne, sang qui ruisselle –, d'autant plus magnifique qu'il est abject. Il était là devant moi. J'ai pris à pleine paume le visage de glaise pour lui donner l'obliquité que j'observais. Lorenzo, couronné, en exténuation extrême, offrait un degré de chute des corps inattendu, où la tête inclinée reposait sur l'effondrement des cervicales, contre l'épaule droite, elle-même rehaussée par la croix. Une position quasi létale. Je n'ai plus rien changé. Rien ! Qu'il en soit ainsi ! J'ai contemplé cette face si âpre, penchée sur nos destins, avec l'aveuglante sensation que la terre est maudite en notre œuvre : elle ne nous germe que les épines… Ne sanglote pas, Lorenzo, je vais te détacher, et tu pourras t'enfuir ; tu partiras en courant si tu en as encore la force ; tu disparaîtras, pauvre modèle, avec le teint cendré de ta crasse, l'odeur aigre et fade de ton humanité… Tu vas mieux, maintenant ? Que dis-tu ? Que veux-tu de moi ? Plus que ce qu'il n'était fixé ? Mais j'avais prévu cela aussi, le prix de l'obscénité.

Je lui ai remis tout l'argent qui me restait. En l'empochant, il tituba, puis grinça que j'étais un salaud, et que, s'il n'avait pas été aussi mal en point, il m'aurait cassé la gueule !

Entre Noël et le jour de l'an, silence absolu entre nous tous. Je n'ai eu aucune nouvelle de Papa et Maman. Que savaient-ils exactement, que pensaient-ils ? A l'heure où j'écris, rien n'a bougé. Je n'oserai jamais retourner à Pierrefonds. Le vieux me manque. Je suis au-delà des regrets. Je ne rêve plus à notre mère. Quand j'évoque son visage, c'est celui d'aujourd'hui.

... Et puis le 31 décembre, une divine surprise arrivée d'Italie : Palazzolo ! Il a toqué au vantail de l'atelier, sur la rue, ignorant les portes à l'intérieur de l'immeuble. Je suis allé lui ouvrir. Premier regard. Terrible. « Ho ! m'a-t-il dit, Rembrandt ! Quelle sale mine tu as ! » Albino débarquait, il espérait se réinstaller en France, il avait rendez-vous avec Valsuani. Il m'a demandé : « Tu es seul, ce soir ? » J'étais seul. « Alors tu viens ? – Je viens ! – Jusqu'à plus soif ? – D'accord ! » Il a fait le tour du propriétaire. J'allais envoyer ma tigresse à la fonte chez Valsuani. Le christ serait transporté peu après. Le duc le destine à sa chambre, au-dessus de son lit. Il s'occupera de tout. Je ne veux pas le rencontrer. J'ai besoin d'aller jusqu'au bout. A l'instant où Albino avait frappé sur le bois, puis sur la verrière, j'avais les yeux dans le vide. Je refusais de penser à toi, je m'interdisais d'imaginer où vous étiez, et pourtant, à chaque seconde, j'en étais tourmenté. Dans ce Montparnasse du réveillon, avec cet ami surgi par miracle, j'avais l'impression d'être une feuille roussie, détachée de sa sève. « Albino, je n'ai plus un rond, je suis à tes croûtes – T'inquiète... »

En sortant, il faisait bien noir. Nous avons failli nous heurter à Salmon au bout de la rue Delambre. Il était emmitouflé dans son écharpe, le nez rouge, mais la cervelle bouillonnante. Il sortait d'une vive discussion avec Picasso, Matisse et la bande du Bateau-Lavoir émigrée par ici. Il allait voir Modigliani qui s'exaspérait en sculpture, comme il le disait lui-même, à force de ne penser qu'en pierre. Modi était assis derrière la glace du Dôme, les prunelles troubles. Il nous faisait sa neurasthénie des jours de fête. *« 1916 ! Porca miseria ! »* En nous apercevant, il a donné un coup de menton, il s'est tortillé, a coulissé les fesses sur la banquette pour laisser de la place. Nous l'avons rejoint. Sans le fréquenter vraiment, je l'aime bien, ce zèbre-là. Toujours antimilitariste, mais désespéré d'être trop faible des poumons. Il avait la bouche molle, la phrase intermittente, quand brusquement il est devenu intarissable : « Merde, alors ! Ils ont pas voulu de moi à la Légion ! Un pisse-vinaigre, un cul-pincé, une tronche de cocu de médecin !... » Il a parlé comme ça, en vertige, en superposition de saouleries. « Arrête, Modi ! Ça date, ton histoire, on n'en est plus là, tu ressasses ! – Ta gueule ! Je cause ! » Il a lampé son fond de Pernod, puis s'est penché vers nous, entre pays : « Et vous deux, vous êtes prêts à vous battre ? Pour qui, hein ? Pour l'Italie ? Pour Dante ? Vive Dante ! Vive l'Italie, l'anarchie et *tutti quanti* !... Des conneries tout ça !... La guerre... les hommes ! Dante, lui, il rigolait : "Vous trouverez l'original de mon Enfer sur la terre que nous habitons !" Voilà ce qu'il disait ! »

Il a claqué de la langue : « Salmon, tu m'offres à boire ?... Garçon, un Pernod ! » Il est resté ainsi, le doigt levé, puis dans un souffle anisé a poursuivi ses chimères : « Et moi qui voulais me battre pour la France que j'aime, pour l'Italie que je chéris ! Pas pour le roi ni pour le pape, qui s'en fout et qui n'est qu'un pauvre curé blanc ! La boucherie ? D'accord ! Je m'y serais donné ! Parfaitement ! Oui ! Et en chemise à carreaux ! A l'abattoir, l'ouvrier ! Merde ! Je voulais y aller, au tourniquet ! Pour je ne sais quel paradis, mais ce ne sera qu'un éternel purgatoire... Mon Pernod, nom de Dieu ! » Modi, le visage buté, le regard sombre sous les cheveux noirs. Comme lui, je sais que je ne partirai jamais. Ma toux s'est endormie, avec parfois un goût de métal tiède qui me remonte en bouche. J'ai perdu ma force. Où est-il, le temps où je portais le piano de Deanice à moi seul, sur mon dos, quand il avait fallu l'installer dans la maison de Pierrefonds ? J'ai des otites à n'en plus finir – cette chaleur aiguë qui me vrille les oreilles, à la fois si près du visage et si rudement poinçonnée à l'intérieur du crâne. C'est cette proximité, cette lisière permanente qui me taraude, comme une sorte d'ironie, un mal à portée de main, mais que l'on ne peut atteindre, plus sournois que les parasites qui s'infiltrent sous ta peau, ou comme ces maladies coloniales, lorsque des vers très fins, aussi longs que des cheveux de femme, naviguent dans ta lymphe et ton sang. J'entends de plus en plus mal. Franchement, même sur le marché de la guerre, je ne vaux pas cher. « Est-ce que tu te soignes, au moins ? » m'a demandé Palazzolo. Pour quoi faire, puisque j'allais commencer cette lettre ?

Salmon a pris congé. Il rentrait chez lui se mettre en frac. Et vous ? Où étiez-vous, tous autant que vous êtes ? A Pierrefonds, en famille ? Avenue Henri-Martin, en évitant les nids-de-poule de Mortefontaine ? Albino et moi remontions le boulevard. Des bouffées de matchiche mais aussi de tango, lascives et offensantes, passaient aux battements des portes à tambour. Le tango, quel scandale ! Albino a ri quand je lui ai dit que du haut de sa chaire, à Notre-Dame, Mgr Amette avait tonné que les confesseurs allaient en tenir compte dans l'administration du sacrement de pénitence ! 1916 verra s'épanouir les fastes de la vie civile. L'écart entre le front et l'arrière se creuse. Des bourgeoises emperlouzées évoquent les hommes en assénant d'un ton pointu que « nous » sommes là pour ça, que « nous » ne contre-attaquons pas suffisamment, et que le ménage des Boches n'est pas assez vite fait. J'ai entendu ça, en guise de vœux du nouvel an ! Il y a la bêtise, l'arrogance, et aussi le cynisme. Dans l'un des caf'conc' de Montparnasse il m'a soudain semblé que le passé nous sautait au visage, à Palazzolo et moi, avec la prestesse d'un chat sauvage. Nous venions d'entrer quand soudain, à quelques mètres de nous, quelle vision ! Cette dégaine, cette chevelure insane, ce rictus de travers, ce regard haineux mêlé de contentement de soi, mais oui ! C'était le Procureur du bal Bullier ! Le déchet judiciaire ! Nous nous sommes rapprochés. J'ai écouté les conversations, les propos à mi-voix, les apostrophes, les ricanements sur le personnage. Vivace et venimeux, il rampait toujours en politique, trafiquant au mieux de ses intérêts. Je le voyais prospérer là où les embusqués sont rois, hardis à baiser les femmes des autres, ceux qui se battent ou qui crèvent dans des trous – les fiancées esseulées, les épouses en souffrance, les veuves en manque de chair. Un coup de champagne, et pas besoin de pédaler, ça roule ! Je le regardais s'épanouir, le lémurien crépusculaire, à des tablées patriotiques derrière des jonchées de verres maculés de gras. Pendant que les autres sèchent dans les fils de fer, ceux-là s'installent dans la guerre ; elle peut durer cent ans ! Bleu horizon pour la France ! Blanc et rouge au goulot ! Et bavards, avec ça. Le dévouement, l'héroïsme de nos soldats, le génie du peuple, notre vaillance ! Gloire au racolage, gloire au comateux bien-être d'après repas ! Gloire aux flatulences stomacales ! Gloire au tanin à la racine des dents, en teinture épaisse de l'arrière-langue ! Joli monde, avec sa logique implacable. Qu'était-elle devenue, la demi-mondaine que le Procureur avait engrossée ? Il avait exigé l'avortement du bâtard, ça n'avait pas marché, elle avait mis bas, il l'avait lâchée. Elle n'avait pas désenflé, s'était avachie, et survivait au gré des mâles, mais de façon solennelle. Elle ne couchait pas ! Alors, dans le quartier, on ne l'appelait plus que « la truie verticale ». Oui, joli monde ! Crapulerie de l'arrière, au son pétant des bouteilles sabrées, et à la mousse franc-or ! J'ai repassé vivement la porte. En débouchant sur le pavé glissant, je me suis affalé sur

Doudou, le vieux nègre qui vendait des billets de tombola, et dont le fils aîné, malheur de malheur ! était dans les troupes coloniales. Il pouvait attendre longtemps sa Légion d'honneur, celui-là. Il devait être gris de froid dans les Vosges, sinon du côté de Verdun où, paraît-il, les Allemands méditent un sale coup... « C'est ton seul fils en France, il peut mourir... – Oui, mais bon pied la route ! » Et il m'a dit qu'au pays il n'était pas en panne d'enfants. Il m'a dit qu'ils étaient tous plus courageux que des lions, et que son frère cadet lui en faisait d'autres avec ses plus jeunes femmes, à lui, Doudou, et que c'étaient ses garçons tout pareil, et que, là-bas, on est bien plus malin qu'ici. Quand un petit meurt, sa mère le marque d'un coup violent au bras ou à la jambe, ou pire encore elle lui brise l'os en détournant le regard, puis on procède à l'enterrement dans le respect des rites. Quand elle accouchera une autre fois, les vieilles scruteront le nouveau-né et, comme elle n'oublient rien, si elles repèrent une trace au même endroit du corps que celui du défunt, elles crient qu'il est revenu. Voilà ce qu'elles glapissent ! Alors elles le prennent et, selon un cérémonial cruel et exigeant, elles le traînent longuement sur la terre rouge, pour le rendre enfin à sa mère qui le soignera et le guérira. Il ne sera plus sourd ni ignorant : il aura été averti que, s'il meurt encore, il sera châtié ainsi ! Albino m'a rattrapé sur le trottoir : « Qu'est-ce qu'il te racontait, Doudou ? » Que la mort n'est pas un état, un enfant peut en revenir. Elle est aussi une injustice hasardeuse des dieux, qui profite à certains.

Nous avons redescendu le boulevard. Au loin, La Closerie formait une flaque de lumière douce. J'y ai bu jusqu'à rouler ici…

Le 1er janvier 1916, c'était samedi dernier. La semaine s'est fondue dans la fièvre de l'écriture. A présent, vendredi dans la nuit, ma conscience du temps se métamorphose, cela me met mal à l'aise, je préfère ne pas y songer. Et pourtant, elle vagabonde, ma pensée… Que me reste-t-il ? La liberté des solitaires. Je n'écrirai pas « adieu » à la fin de cette lettre, non parce que je n'aime pas les départs, au contraire, c'est même chez moi une âpre dilection, mais parce qu'en la circonstance cela sonnerait trop bien. J'achèverai sur des mots mal conçus, ou mal agencés, ou inertes, car la volonté de transmettre se sera éteinte ; c'est du moins ce que j'espère, pour ne pas trop souffrir, mais je n'y suis pas encore. Je ne m'étendrai pas non plus sur le pourquoi de mon suicide, que j'énonce ici pour que ne s'y attache aucune ambiguïté. On cherche toujours « la raison », comme si elle était unique, alors qu'il en existe une infinité, aussi ténues que majeures, aussi cryptées que conscientes, aussi fausses que profondes. On demande sans cesse pourquoi, ou pour qui, lorsqu'il faudrait aussi s'interroger par quoi et par qui, ou bien contre quoi et qui et, sitôt que l'on admet cette complexité, cesser d'invoquer « des raisons », lorsqu'il n'y a que des motifs, comme on le dit d'une musique. Mais si les mots et la valeur du geste varient selon les peuples, et si de toute manière le questionnement est inutile, sauf à vouloir rassurer les vivants, demeure la fermeté de l'acte, ou l'obstination douce de l'abandon. J'ai enfin trouvé l'énergie de l'indifférence. Pas celle dont j'ai souffert de la part de ceux que j'aime, celle-là est pire que l'hostilité, elle a piégé ma vie, elle m'a collé aux basques comme la misère aux semelles du pauvre Kaas – sale pétrin où ne lève qu'un pain d'amertume ! Non, une indifférence qui m'appartient, dont je jouis sans colère ni mépris, et qui me rend souverain. Ne t'y trompe pas. Ne me juge pas sur ce que tu pourrais prendre trop vite pour de la hargne, ma pensée est meilleure.

... Il fait si froid que je ne tiens plus en place. Je me réfugie là où je trouve du feu. J'ai raclé les fonds de tiroirs et soldé des caricatures qui m'ont assuré une soupe chaude chez Rosalie, rue Campagne-Première, d'où j'ai rapporté des biscuits. Je fais mes comptes pour demain matin : quelques pièces à l'église pour la messe basse, plus le prix d'un bouquet de violettes. Je suis resté longtemps ce soir à La Closerie où j'ai bu des grogs brûlants. J'y suis entré assez penaud de ma dernière muflée. On m'a fait bon accueil, et ça m'a soulagé. Je me suis senti absous d'une faute nauséeuse. Je sais bien qu'ils en ont vu d'autres, mais j'aimerais ne laisser de mauvais souvenirs à personne. Je me suis installé au plus près du poêle. Sur le piano traînait encore l'ordre général aux armées de Joffre : « Soldats de la République ! Au moment où se termine cette année de guerre, vous pouvez tous considérer votre œuvre avec fierté et mesurer la grandeur de l'effort accompli. En Artois, en Champagne, en Woëvre et dans les Vosges, vous avez infligé à l'ennemi des échecs retentissants et des pertes sanglantes, incomparablement plus élevées que les nôtres… » J'ai laissé les lignes danser devant mes yeux. Tout ces corps ensevelis, les tranchées en suceront les os, et de ce sang versé la terre ne rendra aux hommes que du sel. Joffre n'évoque les morts que pour jurer de les venger, mais après combien de martyres ? Poincaré répète à qui veut l'entendre que Victor Hugo avait raison : « Le jour où la France s'éteindrait, le crépuscule se ferait sur la terre. » S'il faut œuvrer sans relâche à la défaite de l'Allemagne, faut-il en plus exiger son châtiment ? Et faut-il détourner le regard des tripotantes mains qui sèment dès à présent les germes empoisonnés de futures moissons ? Au bar, on commentait le voyage du chef de l'État parti saluer la population de Nancy rudement secouée par les bombardements. Des journalistes racontaient que, lors de la visite à l'hôpital civil, le général Deprez avait détaché sa croix de guerre de son dolman. Il l'avait présentée au président en le priant de la décerner à la sœur qui se dévouait sans compter aux blessés. Poincaré l'a épinglée immédiatement au corsage de cette femme. On ne saurait rester indifférent à un tel geste. Tu trouveras ma Légion d'honneur à mon chevet et tu l'offriras, s'il te plaît, humblement, en mémoire de moi, à un soldat dont tu auras admiré le courage.

... A cette heure, Poincaré doit dormir. L'air est figé. J'ai faim. Les biscuits ont été avalés avec une rasade d'eau claire. J'ai bourré les interstices des portes et fenêtres de papier journal. Il fait si froid que le foyer de fonte a perdu jusqu'à l'odeur de ses cendres. J'ai faim, Ettore, au point de regretter les tranchées. Ça me vient comme ça, en crampe atroce, avec une giclée de bave, en réflexe de bête. Je flaire encore les rations de l'aube : café, pain, bifteck froid. Le soir, on mangeait du rata – viande et légumes ! –, on buvait souvent du vin, et du café, toujours. Si on était encore là. J'étais là ! En chair, en œsophage, en estomac creux, en appétit de bouffe, de pinard et de vie. Malgré tout ! J'ai faim ! Nom de Dieu.

Poser la plume, mettre ces feuilles dans leur enveloppe, en décidant qu'il n'y a plus rien à dire, m'effraie. Ces mots, en exprimant ma solitude, l'ont aussi abolie, puisqu'ils m'ont replongé au cœur de la vie et que tu en prends connaissance – quitte à faire flamboyer les tisons de ta colère. Me taire, c'est m'isoler irrémédiablement pour permettre les gestes qui ordonneront ma fin. Mais c'est assez expliqué. Tu vas rire, ma bouteille d'encre est presque vide. Je suis obligé de la pencher pour continuer.

Ce que je te précise maintenant vaut pour après : tu n'auras pas de problème avec la police. Le billet que je laisse à l'adresse du commissaire est assez clair ; n'éprouve aucun embarras. Papa, Maman, fais pour le mieux. Dis au vieux que je l'embrasse tendrement et que je lui serre les mains. Maman, tu sauras trouver les mots. Mon ventre se tord à l'idée de sa déception. Imagine ! Avoir porté en soi un chaos sans donner naissance à une étoile filante. Pour Deanice, beaucoup de douceur. Pour les enfants, un mensonge limpide : l'oncle est parti faire un immense voyage ! Tu poseras un baiser sur les yeux de l'Ebé lorsque je ne serai plus qu'un lointain souvenir. Les autorités ecclésiastiques, je t'en supplie, occupe-t'en avec détermination, fais jouer nos amis influents. Plaide un coup de folie, pour qu'un enterrement religieux ne me soit pas refusé... Le temps s'avance en hurlant dans ma tête. Entends-tu ? Mais non, ce n'est rien d'autre qu'un ouragan de silence. Je macère mes dernières heures en haïssant cette vague de pitié et de découragement qui me submerge. Assez d'effondrement !

J'irai par les chemins cendreux où ne brille nul éclat de vérité. J'irai avec mes pieds lourds, avec ma raison aveugle, avançant à tâtons vers l'inconcevable, avec cette très humaine et frémissante inquiétude : briser l'interdit, passer avant le terme, n'est-ce pas prendre le risque, là-bas, de l'inachèvement des prématurés ? Toutes ces fantasmagories d'une cervelle blanche et rose, de ces hémisphères de chairs bouclées où filtre un sang qui draine des pensées aspirant à une probabilité divine. Nul éclat de vérité ? Dis-leur bien que je n'ai jamais jugé du mystère, si ce n'est pour croire qu'il est au cœur du monde, et fracturer la mort comme on le ferait d'une porte sur l'infini.

Barbara, visage et corps de femme.

Lumière blafarde du bec de gaz. Elle me fascine. Le froid engourdit mes sens comme pour leur pardonner la vie. Mon esprit repose, mon souffle est égal. Le mal devient un bien.

Réveil en sursaut. La nuit s'amenuise, il faut partir. J'ai l'esprit clair. Voici venir l'aube de mon dernier jour. Je suis à jeun, avec le feu intérieur de la chair qui se dévore. Je me lave entièrement, me rase de frais, sèche et lisse mes cheveux, défroisse mes gants, et m'habille en cérémonie. Drôle d'impression : Dieu en moi, comme une tumeur.

… Samedi 8 janvier. Pas eu le courage, hier soir, de me confesser. Le prêtre aurait argumenté, tenté de me retenir, et surtout m'aurait refusé la communion. Pourtant il était nécessaire, ce sacrilège de l'hostie. Je reviens de la Madeleine, et veux avoir le courage d'écrire – sinon plus rien n'aurait de sens –, mais cette certitude, également, chancelle, j'irai donc au plus bref. Assisté à l'office. Ouvert la bouche à l'approche du plateau d'or. Détrempé longuement de salive le pain azyme avant de l'avaler d'un trait, avec la hantise enfantine de ne pas le croquer, puisqu'il est le corps du Christ et que certains mots entendus très tôt ne perdent jamais leur sens premier. *Ite missa est*... Longé la nef jusqu'à la lueur naissante du jour. Sorti avec l'haleine lourde octroyée au pécheur. Descendu l'escalier en pensant au dérisoire des marches triomphales. Crachin impalpable. La marchande de violettes, derrière sa charrette, m'a dit « merci mon prince », quand j'ai retourné pour elle le fond de mes poches. Elle m'a regardé en souriant et m'a tendu en prime un joli brin à mettre à ma boutonnière. Son bouquet embaume, ici et maintenant.

Devant l'église, un lieutenant d'infanterie accroché au bras d'une femme traversait la rue Royale de ce pas trébuchant et apeuré qui trahit l'aveugle de fraîche date. Je me suis demandé s'il allait guérir, et si c'était souhaitable. J'ai poursuivi mon chemin en soliloquant sur la guerre et les hommes de manière vague, presque paresseuse, quand a surgi de ma mémoire la voix terrible de notre curé du catéchisme : « Si ta main droite te scandalise, tranche-la ! *Abscide illam !* » Mais avoue qu'il est bien étrange, ce martyre de l'humanité, où Dieu, d'une même main, soutient celui qui souffre, et couronne celui qui persécute.

... Il faut partir. Je retire les violettes de leur eau, les respire, et les pose sur ma table de nuit. Te rappelles-tu ce poème qui nous plaisait tant, et que nous avions étudié en cachette lorsque nous apprenions le français ? *« De la douceur, de la douceur, de la douceur !... Va, l'étreinte jalouse et le spasme obsesseur ne valent pas un long baiser, même qui mente ! »* Je te vois arrivant ici, prenant l'enveloppe sur laquelle j'ai inscrit ton nom... Tu l'ouvres... C'est un élixir de vie que la conversation, n'est-ce pas ? C'est aussi une drogue lancinante. On n'en a jamais fini avec elle parce qu'elle se mêle au fleuve de nos jours, et nous porte autant que nous la portons. Tes yeux se posent sur les premiers mots... Je sais que tu ne t'arrêteras pas... La réflexion ne surgit pas de la seule raison, *fratello,* il faut en plus une contrainte. L'intelligence est à soi, mais l'inspiration vient d'ailleurs. *« Tu parles, donc je pense »*, a soupiré un philosophe – même si cela se subit parfois avec ingratitude –, tandis que persiste en moi la trouble sensation de n'avoir pas tout compris, et par là même pas tout dit, si tant est que cela soit possible. Je suis tout habité de toi, comme tu l'es de moi en cet instant où tu me lis et, par un mouvement en retour, je contamine ton esprit, ainsi ma lettre devient tienne, et je n'y garde un droit de propriété qu'en ce que je t'imagine contemplant notre bel intérieur. La malédiction, Ettore ! Elle est entre tes mains. Tu parcours ces lignes, tu t'attendris, tu me vomis, tu regrettes peut-être, tu découvres ce que tu sais déjà, et ce que tu n'as jamais désiré connaître. Nul *cogito* pour toi qui ne poursuive notre dialogue, posthume désormais, et donc entaché de folie. Si tu veux retrouver la sérénité, détruis tout cela. Et oublie ! Sinon l'entretien que nous sommes sera éternel. Oublie et pardonne ! Oui, pardonne. Auparavant, au moins pour quelques heures, tu auras vécu au rythme de mon cœur.

J'arrête ici. Tout est clos : les portes, les fenêtres, le rideau de la verrière, ma vie elle-même. Je discerne à peine le jour. Je ressens une peur grise et moite, aveugle, mais aussi une hâte absolue. Ne sois ni souffrant ni angoissé, et ne t'interroge pas sur ce qui se sera passé au-delà. Le temps va m'appartenir, devenir mon esclave, se concentrer en moi, pour s'accélérer soudain comme une montre devenue folle ; je percevrai dans mon corps un craquement décisif et saurai l'instant venu. Alors, sur la banquette qui me sert de lit, je trouverai la position idoine. Ce ne sera pas sur le ventre, à moins de vraiment trop souffrir ; ni sur le dos, le visage face au monde, car je crains la mâchoire ouverte ; mais sur le flanc, comme presque tous les animaux. Là, je jouirai du repli du fœtus, ou de l'opiomane. Dans un univers chaviré, les yeux dans le vague, il tète une fumée laiteuse et suit des formes jamais atteintes ; il entr'oublie son existence ; il n'éprouve rien d'autre que le flux apaisé de son sang ; et c'est délicieux ; il rêve qu'il se meurt.

Ton frère, qui vous embrasse tous de toute son âme.

Rembrandt Bugatti, inanimé, fut transporté d'urgence à l'hôpital Laennec où il mourut à la nuit noire. Son masque mortuaire fut relevé par Albino Palazzolo. Mgr Amette, cardinal-archevêque de Paris, autorisa des funérailles religieuses. La lettre à Ettore disparut à jamais.

Selon la volonté expresse d'Ettore, les corps de tous les protagonistes de cette histoire, Carlo, Teresa, Deanice, Barbara, et Ettore lui-même, qui s'éteignit le dernier, en 1947, furent réunis autour de Rembrandt, au cimetière de Dorlisheim, commune voisine de Molsheim, en Alsace.

Je rends ici hommage à Jacques-Chalom Des Cordes et Véronique Fromanger Des Cordes, co-auteurs du catalogue raisonné de Rembrandt Bugatti, qui ont voulu voir naître ce livre ; à Denise Grégoire, qui l'a suivi pas à pas, à Sylvie Genevoix, qui l'a reçu.

J'exprime aussi ma vive gratitude à Léopold Diego Sanchez, ainsi qu'à tous ceux qui m'ont gracieusement accueilli : Geneviève Bolloré, Jean-Marie Desbordes, Wladimir Troubetzkoy, Armand Ghislain de Maigret, Laure de Gramont, M. et Mme Albert Clément-Bayard, Janine Chadapaux, Mme Jean Carton, Jacques Baudouin, Mira Brodka, et la dame du musée d'Orsay.

*Cet ouvrage a été transcodé
et achevé d'imprimer sur Roto-Page
par l'Imprimerie Floch à Mayenne,
pour les Éditions Albin Michel
en avril 2000.*

N° d'édition : 18998. N° d'impression : 48164.
Dépôt légal : mai 2000.
Imprimé en France.